THEATERBIBLIOTHEK

Urs Widmer
Die lange Nacht der Detektive

Kriminalstück in drei Akten

Mit einem Nachwort
des Verfassers

Verlag der Autoren

CIP-Titelaufnahme der Deutschen Bibliothek

Widmer, Urs:
Die lange Nacht der Detektive : Kriminalstück in 3 Akten /
Urs Widmer. Mit e. Nachw. d. Verf. – 2. Aufl. –
Frankfurt am Main : Verl. d. Autoren, 1988.
(Theaterbibliothek)
ISBN 3-88661-055-1

Herstellung: DVG, Darmstadt
Printed in Germany
ISBN 3-88661-055-1

Die lange Nacht der Detektive

Für H. C. Artmann

Personen

Shylock Hoames
Dr. Hudson
Miss Dolly
Paul Maigré
Miss Mupple
Hero Woolfe
Arsène Lupinescu
Jerry Corton
Jane

Erster Akt

Der Salon von Shylock Hoames' Wohnung an der Baker Street 222b in London. Er sieht aus wie ein Gruß aus einer Zeit, in der es noch britische Kolonialoffiziere, geräuschlose Gentlemen-Clubs und Weltdetektive gab. Sessel, Stühle, Tische. Ein Schreibpult. Papiere sind darauf verstreut, Lupen, Schreibfedern, Nummern der »Police News«. Überall liegen alte Shylock-Hoames-Hefte auf den Tischen, auf den Stühlen, am Boden. Ein Notenständer mit Noten. An der Hinterwand ein Kamin, davor ein Tigerfell. Ein großer, hoher Uhrkasten. Die Uhr zeigt 10 Uhr. Ein Fenster, mit offenen Vorhängen. Es ist dunkel draußen, evtl. sieht man die nächtlichen Dächer Londons. An den Wänden die Requisiten früherer Abenteuer: viele Säbel, Messer, Dolche, Degen, Pfeile, Wasserpfeifen etc. Fotos mit vielen Shylock Hoames darauf. Bilder von reitenden Beduinen, Schreiben von dankbaren Hoheiten, mit Siegeln. Insbesondere: ein goldglänzendes Messer mit krummer Klinge. Eine große chinesische Vase. Ein Gemälde. Vorne ein Schaukelstuhl. Ein modernes Telefon, evtl. andere Gegenstände von heute.
Es gibt drei Türen. Die Tür nach links führt in die Küche, die nach rechts in Shylock Hoames' Schlafzimmer. Die Tür nach hinten, links in der Rückwand, führt in die Eingangshalle. Sie hat eine Milchglasscheibe und knarrt, wenn man sie öffnet. Womöglich sieht man, wenn sie offen steht, eine Truhe, eine Kleiderablage (später dann mit den Reiseutensilien der Gäste), eine Treppe, die nach oben führt. Wenn der Vorhang hochgeht, ist die Bühne leer. Gibt es ein paar Katzen, die herumgehen? Vögel in Käfigen? Der Schaukelstuhl schaukelt, aber er ist leer.
Aus dem Nebenzimmer hört man eine ziemlich kitschige Geigenmelodie (Grieg? Brahms? Waldteufel? Beet-

hoven?). Der Spieler spielt recht scheußlich. Insbesondere eine Stelle mißlingt ihm immer wieder.
Miss Dolly kommt von links aus der Küche. Sie trägt einen Kuchen mit vielen Kerzen darin. Sie stellt ihn auf den Tisch. Jetzt sieht man, daß sie auch ein Shylock-Hoames-Heft in der Hand hält. Während sie die folgenden Dinge tut, liest sie immer wieder darin — der Inhalt der Geschichte scheint sie sehr zu faszinieren.
Die Uhr schlägt 10.
Miss Dolly räumt die herumliegenden Papiere etc. ein bißchen zusammen, sie rückt die Stühle zurecht, und es kann sein, daß ihr ein Stuhlbein wegbricht. Dann schiebt sie es wieder zurecht, ganz selbstverständlich. Aus einem hinter dem Gemälde verborgenen Geheimfach holt sie Gläser und Flaschen.
Der Wind stößt das Fenster auf, die Vorhänge wehen herein. Miss Dolly erschrickt. Sie schließt das Fenster. Sie zieht die Vorhänge sorgfältig zu.
Langsam stößt sie ein großes Messer in den Kuchen. Es steckt. Sie lächelt. Langsam schneidet sie Stücke.
Vielleicht liegt in einem der Vogelbauer ein toter Vogel. Sie könnte ihn, mit dem Kuchenmesser, auf ein Silbertablett schieben. Sie zögert. Wohin? Sie könnte ihn in den Uhrkasten tun.

MISS DOLLY *liest* »Die lange Nacht der Detektive oder: Das Geheimnis des giftigen Krummdolchs.« Messer. Wo sind die Messer? »Ein trüber feuchter Novembernebel liegt über London. Fenster um Fenster erlöscht in der Stadt. Nur noch im Salon an der Baker Street 222b sind Shylock Hoames und Doktor Hudson über den Stadtplan von London im Maßstab 1:5000 gebeugt. Kein Geräusch ist zu hören.« *Die Geige.* Na ja. *Liest.* »Seit Tagen nun sind Shylock Hoames und Doktor Hudson auf der Jagd nach dem giftigen Krummdolch und seinem geheimnisvollen Besitzer. Gedankenverloren spielen Shylock Hoames' Finger auf den Saiten seiner Geige, ohne die er, wenn er nachdenkt, nicht sein kann.« *Sie arbeitet.* Die werden wieder was zusammenfressen, alte Knacker, aber Mägen wie Müllsäcke. *Liest.* »Doktor Hudson sieht Shylock Hoames an. Ist er der Lösung nahe? Weiß er, woher das Messer, in der Hand eines Wer auch immer, seinen Weg in die bewohnte Welt nimmt?« Brrrr.

Die Tür hinten geht langsam auf, knarrend. Dr. Hudson tritt auf. Er hat eine Flasche in der Hand, und die Türklinke. Aus seiner Tasche ragt ein Shylock-Hoames-Heft. Die Tür wippt zurück und wieder vor. Dr. Hudson befestigt die Klinke, er hat es schon oft getan.

MISS DOLLY *erschrickt* Brrr. *Erleichtert.* Doktor Hudson. Sie. Sie sind der erste.

DR. HUDSON Miss Dolly. Guten Abend. Ich *will* der erste sein, der ihm zum Geburtstag gratuliert, heute, weil, ich bin oft genug der zweite. *Pause. Man hört die Geige.* Achtzig Jahre alt, und noch so eine Technik. *Pause.* Wunderbar. *Er summt die Melodie mit.* Großartig. *Er summt.* Wie die ersten Krokusse, die durch den schmelzenden Schnee des jungen Frühlings brechen. *Die Geige kratzt gerade besonders scheußlich.* Einzig.

MISS DOLLY Ja. Jeden andern hätte das Gekratze umgebracht, längst. Ihn nicht. Ihm gefällt das. Ich an seiner Stelle, ich würde die Geige — *sie macht eine Geste: über dem Knie zerbrechen* — das würde ich.

DR. HUDSON Miss Dolly. Es ist eine Stradivarius. Sie ist ein Vermögen wert, Miss Dolly, oder?

MISS DOLLY Sie klingt wie Brennholz.

DR. HUDSON Sie lieben die Kunst nicht, Miss Dolly, Sie haben kein Herz. Ach. *Pause.* Selbst Ihr Tee ist einer Britin unwürdig. Ein Löffel für jede Tasse, und ein Löffel für die Kanne, Miss Dolly.

MISS DOLLY *Ihr* Geigenspiel mag ich viel viel lieber, eigentlich.

DR. HUDSON Oh? Wirklich?

MISS DOLLY Wirklich. Sie spielen äußerst selten.

DR. HUDSON *traurig* Er sagt, ich bin ein Trampel mit der Geige.

MISS DOLLY Sie sind ein Trampel, Doktor Hudson.

DR. HUDSON Ja, Miss Dolly. Ich weiß, Miss Dolly. *Pause.* Ich habe ihm eine Flasche von seinem Lieblingswein mitgebracht, wie jedes Jahr. Portwein. Eine Literflasche.

MISS DOLLY Es ist *Ihr* Lieblingswein.

DR. HUDSON *mit Würde* Er und ich, wir haben in vielem denselben Geschmack, Miss Dolly.

MISS DOLLY So? Wirklich?

DR. HUDSON Oh. Ja. Denken Sie doch, unsere vielen gemeinsamen Abenteuer. Er kann sich felsenfest auf mich verlassen, und ich mich auf ihn. *Nimmt das Shylock-Hoames-Heft.* Da. Hier. Daran erinnern Sie sich doch?

MISS DOLLY Und wie.

DR. HUDSON Wir sind durch die nebligen nächtlichen Straßen von Soho gegangen, er immer voraus, ich immer hintendrein, um die Gefahren von hinten auf mich zu nehmen. Ah, das ist schon schrecklich, so eine nächtliche Stille, kein Laut ist zu hören, nur mein Stolpern, Schlurfen und Schnaufen.

MISS DOLLY Ja.

DR. HUDSON Auf mich hat er sich immer verlassen können, immer.

MISS DOLLY So?

DR. HUDSON Ich hab mich immer ganz dicht hinter ihm gehalten, damit ihm niemand was tut, von hinten.

MISS DOLLY Aha.

DR. HUDSON Ich muß Ihnen was sagen, Miss Dolly, ich muß.

MISS DOLLY Was denn?

In Dr. Hudsons Rücken tritt Shylock Hoames unter die Tür; er hält die Geige und den Bogen in der Hand. Dr. Hudson sieht ihn nicht, wohl aber Miss Dolly.

DR. HUDSON Ich liebe Sie. *Er will kniend Miss Dollys Hände küssen, aber er kniet ins Leere, weil Miss Dolly einen Schritt zur Seite macht.*

SHYLOCK HOAMES *der die Liebeserklärung auf sich bezieht* Ich weiß, ich weiß, lieber Hudson. Ich mag Sie ja auch.

DR. HUDSON *dreht sich auf den Knien um 180 Grad, verwirrt* Verehrter Sir. Meine sehr herzlichen Glückwünsche.

SHYLOCK HOAMES Danke, lieber Hudson. Danke. Sie können aufstehen.

DR. HUDSON *steht auf* Danke, Sir. Ich habe Ihnen, Sir, eine Flasche von Ihrem Lieblingswein mitgebracht. Portwein. Eine Literflasche.

SHYLOCK HOAMES Danke. Vor dreizehn Jahren haben Sie mir das Trinken verboten.

DR. HUDSON Die Leber, Sir. Es wäre nicht zu verantworten. Ich spreche als Arzt.

SHYLOCK HOAMES Ja. Sie haben mir immer geholfen. *Er nimmt Dr. Hudson das Heft aus der Hand.* Da. Sie haben immer die Gefahren von hinten auf sich genommen.

DR. HUDSON Genau.

SHYLOCK HOAMES Der Angstschweiß regnete nur so von Ihrer Stirn.

DR. HUDSON Genau.

SHYLOCK HOAMES 2876 Fälle habe ich gelöst, Sie einen.

DR. HUDSON Ja?

SHYLOCK HOAMES Na ja, Hudson, ich will nicht kleinlich sein, da, als wir nach dem armen Mädchen suchten, kriegten Sie einen furchtbaren Hunger und machten den Kühlschrank auf, und das Opfer fiel direkt in meine Arme.

DR. HUDSON Genau. Stocksteif. Meine Brille war irgendwie kaputt, aber ich erinnere mich an den Frost auf ihrer Haut.

SHYLOCK HOAMES Hudson, ich will mein Testament schreiben.

DR. HUDSON Jetzt?

MISS DOLLY Jetzt, wo jeden Augenblick Ihre Freunde kommen können?

SHYLOCK HOAMES Ja. Es ist besser. Sie wissen, vorgestern Philippe Marlowe: ein Schlag auf den Hinterkopf. Gestern Jim Strong: ein grüner Dampf. Heute John Kling: ein vergiftetes Schreiben. Und morgen? Hercule Poirot, der wackelt dauernd mit dem Kopf, Samuel Spade hat ein lahmes Bein und lernt Eisenbahnfahrpläne auswendig. Nick Carter steht im Regen im Garten und erkennt seine Freunde nicht mehr. Philo Vance sortiert mit starren Augen seine Muscheln und Steine, Tag und Nacht, immer neu. *Pause.* Und Sie sehen heute auch nicht sehr gesund aus, Doktor Hudson.

DR. HUDSON Oh. Sir. Tatsächlich, Sir?

SHYLOCK HOAMES Ich habe nicht mehr viele Freunde, oder? Paul Maigré. Miss Mupple. Hero Woolfe. Arsène Lupinescu. Vier.

DR. HUDSON Ja, Sir. Vier, Sir.

SHYLOCK HOAMES Ja, und Sie, Hudson. Fünf.

DR. HUDSON Ja, Sir. Fünf.

SHYLOCK HOAMES *zeigt auf die Feder auf dem Schreibpult* Da. Schreiben Sie.

DR. HUDSON Ja, Sir. Sofort, Sir.

SHYLOCK HOAMES *diktiert* »Testament von Shylock Hoames.« Nein. Streichen Sie das. *Dr. Hudson streicht heftig.* Schreiben Sie: »Der Letzte Wille von Shylock Hoames, Esquire.« Das klingt gut.

DR. HUDSON *murmelt schreibend* » ... Wille von Shylock Hoames, Esquire.«

SHYLOCK HOAMES *weist während des Diktierens auf die von ihm genannten Gegenstände* »Ich, Shylock Hoames, Esquire, habe den Letzten Willen, daß im Falle eines Dahinscheidens von mir primo Herr Arsène Lupinescu meinen goldenen Krummdolch, zweitens Herr Hero Woolfe meine chinesische Vase, c) Herr Paul Maigré mein Gemälde erhalten soll ... sollen.« Haben Sie das?

DR. HUDSON »... halten soll. Sollen.« Ja. *Pause.* Das sind sehr wertvolle Gegenstände, Sir.

SHYLOCK HOAMES »Dr. Hudson bekommt meine Geige.«

DR. HUDSON Oh, Sir. »Dr. Hudson bekommt ...« Danke, Sir. »... meine Geige.« Oh.

SHYLOCK HOAMES »Mein übriger Besitz soll gleichmäßig unter den Genannten verteilt werden.«

DR. HUDSON »... verteilt werden.«

SHYLOCK HOAMES Die Unterschrift. *Unterschreibt.* So.

Pause. Plötzlich stößt Miss Dolly einen kurzen, spitzen Schrei aus und läßt mit lautem Klirren einen Teller fallen. Alle schauen.

MISS DOLLY *gänzlich unbewegt* Oh. Die Erregung. Der Gedanke, Sie könnten sterben.

DR. HUDSON Miss Dolly. Der schöne Teller.

Er beginnt, auf den Knien, die Scherben einzusammeln. Miss Dolly schaut Shylock Hoames unbewegt an, bis dieser wegschaut.

SHYLOCK HOAMES *nach einer Pause* Ja ... wie leicht geschieht ein Unglück ... *In einem plötzlichen Entschluß.* Schreiben Sie das noch ins Testament: »Von dieser Verteilung meines Erbes ausgenommen ist mein Haus in der Baker Street 222b. Es soll an Miss Dorothy Abigail Bloomfield gehen.«

DR. HUDSON *schreibt* »... Bloomfield gehen.«

SHYLOCK HOAMES Noch eine Unterschrift.

DR. HUDSON Ich kenne keine Miss Bloomfield, Sir.

SHYLOCK HOAMES Aber ich, Hudson. Aber ich.

Der Türklopfer. Laut.

ALLE Ohh.

MISS DOLLY Die Gäste, Sir.

SHYLOCK HOAMES Öffnen Sie.

MISS DOLLY Ja, Sir. *Sie geht nach hinten ab.*

SHYLOCK HOAMES Das Testament kommt ins Pult. So. *Er tut es.*

Die hintere Tür öffnet sich. Miss Dolly, mit der Türklinke in der Hand. Dahinter Miss Mupple und Maigré. Beide haben eine Flasche in der Hand, Miss Mupple allerdings eine leere. Maigré steckt sein Hörrohr immer wieder wie eine Pfeife in den Mund.

MISS DOLLY Miss Mupple. Herr Maigré.

SHYLOCK HOAMES Liebe Miss Mupple. Lieber Maigré. Hatten Sie eine angenehme Reise?

PAUL MAIGRÉ *hält das Hörrohr ans Ohr* Ehh?

SHYLOCK HOAMES *laut ins Hörrohr* Liebe Miss Mupple. Lieber Maigré. Hatten Sie eine angenehme Reise?

PAUL MAIGRÉ Non ... nein ... ehm ... ganz und gar nicht. Ich liebe nicht zu reisen. Es zwingt mich, diese Schuhe hier zu tragen an Stelle von meinen Pantoffeln. Und der Zug von Paris nach Calais war sehr, sehr voll. Und dann dieser Kanal. Lassen wir es, Shylock Hoames. Ich habe Ihnen eine Flasche Portwein mitgebracht. Eine Literflasche.

SHYLOCK HOAMES Danke, Maigré. Geben Sie sie dem Doktor.

MISS MUPPLE Shylock, lieber Shylock.

SHYLOCK HOAMES Miss Mupple.

MISS MUPPLE Da. Ich habe Ihnen auch eine Flasche mitgebracht. Eine Literflasche.

SHYLOCK HOAMES Oh.

MISS MUPPLE Ja. Nur, es ist so eisig kalt gewesen, als ich an der Postautostation von Moretonehampstead auf das Postauto wartete, und dann im Postauto, da ist es auch eisig kalt gewesen. Dann, in Exeter, wo ich umsteigen mußte, ist es sehr eisig kalt gewesen, nicht zu sprechen von Paddington Station, wo ich aussteigen mußte. Ich will damit ausdrücken, die Flasche ist leer, leider.

SHYLOCK HOAMES Danke. Eine volle hätte ich nie angenommen von Ihnen, liebe Miss Mupple.

MISS MUPPLE Ich weiß. Ich bin einmal in einem Zug gefahren, vor Jahren, als ich noch nicht so viele Flaschen brauchte unterwegs ... ich habe damals immer gestrickt, wenn ich einen schwierigen Fall hatte ...

ALLE *sich erinnernd* Jaja ... ja, richtig ...

MISS MUPPLE ... also, da sah ich in einem anderen Zug, der neben uns herfuhr, eine Frau, und die Frau hatte zwei Hände um den Hals, und sie streckte die Zunge heraus, so, wie jemand, der sehr Durst hat.

SHYLOCK HOAMES Oh, und dann?

MISS MUPPLE Ich bin der Sache natürlich nachgegangen. Der beste Sherry meines Lebens. Ach, solche Fälle gibt es kaum mehr.

SHYLOCK HOAMES Ja. Allerdings.

MISS MUPPLE *erblickt die Geige* Oh. Die Geige. Darf ich einmal?

SHYLOCK HOAMES Ich bitte darum.

Miss Mupple spielt. Sie spielt ebenso scheußlich wie Shy-

lock Hoames. Allerdings beherrscht sie die eine Stelle, die Shylock Hoames immer mißlingt. Maigré ist zu Dr. Hudson gegangen. Er gibt ihm die Flasche.

PAUL MAIGRÉ Lieber *Docteur Hudson*. Hier, die Flasche, wie jedes Jahr.

MISS MUPPLE *spielend, zu Shylock Hoames* Oh. Das ist eine Geige wie ein sehr alter *Château Neuf du Pape.*

DR. HUDSON *zu Maigré* Danke.

SHYLOCK HOAMES *zu Miss Mupple* Danke.

PAUL MAIGRÉ *zu Dr. Hudson* Ich bewundere Sie, wirklich. Sie trinken nie einen über den Durst, aber auch nie einen darunter.

DR. HUDSON Oh. Herr Maigré. Das haben Sie aber gut gesagt.

PAUL MAIGRÉ Ehh?

DR. HUDSON Was macht der Quai des Orfèvres?

PAUL MAIGRÉ Oh, der Quai ... da geh ich nicht mehr hin ... sie haben mir den Hausausweis weggenommen ... dabei habe ich genau zwölf Fälle von denen im Kopf längst gelöst. Aber die fragen ja nicht mal mehr.

DR. HUDSON Was für eine Welt. *Er macht sich daran, die Flasche zu öffnen.*

SHYLOCK HOAMES *zur Geige spielenden Miss Mupple* Eine sehr schöne Melodie. Ich könnte Ihnen stundenlang zuhören. Für mich ist diese Musik wie eine klare kühle Landluft, wenn Sie verstehen, was ich damit ausdrücken will.

MISS MUPPLE Die Geige ist meine einzige Leidenschaft. Spielen, spielen und nochmals spielen. Wenn ich spiele, könnte man eine Kanone neben mir abfeuern, ich würde es nicht hören.

In diesem Augenblick zieht Dr. Hudson den Korken mit einem Plopp aus der Flasche. Miss Mupple bricht sofort ihr Geigenspiel ab.

MISS MUPPLE *zu Shylock Hoames* Einen Augenblick. *Sie nimmt Maigré das Glas, das Dr. Hudson ihm eben vollgeschenkt hat, aus der Hand.* Danke.

PAUL MAIGRÉ Eh!

DR. HUDSON Miss Mupple, ich bewundere Sie. Sie trinken immer einen über den Durst und nie einen darunter.

MISS MUPPLE Das haben Sie aber gut gesagt, Doktor Hudson.

SHYLOCK HOAMES *zu Maigré, der wieder einmal an seinem Hörrohr saugt* Warum haben Sie eigentlich Ihr Hörrohr im Mund statt am Ohr, Maigré?

PAUL MAIGRÉ Eh? *Er nimmt das Hörrohr ans Ohr.*

SHYLOCK HOAMES Warum tun Sie das immer in den Mund?

PAUL MAIGRÉ Oh ... das ... der Arzt ... er hat mir das Rauchen verboten ... jetzt ...

SHYLOCK HOAMES *mitfühlend* Das muß furchtbar sein.

PAUL MAIGRÉ Furchtbar. Schrecklich.

Der Türklopfer, hinten.

MISS DOLLY *zu Shylock Hoames* Ich gehe. *Abgehend, nach hinten rufend.* Ich komme.

SHYLOCK HOAMES Ich schließe aus diesem Klopfen, das ist Hero Woolfe. Er trägt Lackstiefel, Kringelsocken, Knickerbockerhosen, Knickerbockerunterhosen, Jägerjacke mit Orchidee, Gilet, Spitzenhemd und Koffer. Aus so einem Klopfen schließe ich auch, er ist sehr dick. Er fährt in einem Rollstuhl.

Hero Woolfe rollt wie beschrieben auf die Bühne. Er rollt sehr behende. Er hat einen kleinen Koffer und eine Flasche.

DR. HUDSON Oh. Haargenau!

SHYLOCK HOAMES Hero Woolfe. Alter Freund.

HERO WOOLFE Shylock Hoames. Meine Glückwünsche. Ich habe dem Doktor eine Flasche von seinem Lieblingswein mitgebracht. Portwein, eine Literflasche.

SHYLOCK HOAMES Danke.

MISS MUPPLE *nimmt Hero Woolfe die Flasche aus der Hand* Geben Sie nur her.

HERO WOOLFE Oh. *Zu Dr. Hudson.* Guten Abend, Doktor. Wie viele Patienten sind denn in diesem Jahr unter Ihren Händen gestorben?

DR. HUDSON Oh, Sir. Keiner, Sir, bis jetzt.

HERO WOOLFE Und wie viele Patienten hatten Sie?

DR. HUDSON Keinen, Sir. Wie Sie wissen, ich lebe nur für ihn. Ich messe seinen Blutdruck. Ich verbiete ihm den Alkohol. Ich setze ihm die Blutegel auf den Rücken. Ich schneide ihm die Fingernägel. Ich sage ihm, daß ihn sein Tabakrauchinhalieren umbringen wird, eines Tages.

SHYLOCK HOAMES Hero Woolfe. Lieber Freund! Was machen die Beine?

HERO WOOLFE Ach, Shylock. Es geht. Es ist nicht sehr elegant, so ein Rollstuhl. Ich werde ihn anmalen lassen ... türkis.

SHYLOCK HOAMES Eine sehr elegante Idee.

HERO WOOLFE Nicht wahr.

Pause.

SHYLOCK HOAMES Wir sprechen gerade von unsern früheren Abenteuern, wissen Sie noch, der Krummdolch und wie ich...

HERO WOOLFE Genau.

DR. HUDSON Ja.

SHYLOCK HOAMES Ich taute das Mädchen auf und...

HERO WOOLFE Genau. Das hab ich auch einmal erlebt, es war eine Sauhitze und ich ...

SHYLOCK HOAMES Genau. Ich ...

PAUL MAIGRÉ Kenn ich, kenn ich, ich habe einmal ...

MISS MUPPLE Ich bin einmal in einen Weinkeller eingeschlossen worden, da ...

SHYLOCK HOAMES *donnernd* Und dann fiel mir das Mädchen um den Hals und stammelte Dank, hab Dank, und ich...

Währenddessen ist Arsène Lupinescu aufgetreten, ohne daß man sein Klopfen gehört hätte. Er trägt seinen Zylinder in der Hand. Er zieht seine weißen Handschuhe aus und legt sie hinein. Jetzt erblickt ihn Shylock Hoames.

SHYLOCK HOAMES Arsène Lupinescu.

ARSÈNE LUPINESCU Ich komme im richtigen Augenblick, wie ich höre.

SHYLOCK HOAMES Sie kommen einfach so hereingeschlichen. Ich habe Sie nicht gehört.

ARSÈNE LUPINESCU *freut sich* Ah. Die Übung. Man verlernt das nicht so schnell.

SHYLOCK HOAMES Oh. Gewiß nicht.

ARSÈNE LUPINESCU *grüßt die andern mit einer galanten Verbeugung* Meine Damen. Meine Herren.

ALLE Mein Herr.

ARSÈNE LUPINESCU *zu Shylock Hoames* Ich habe leider kein Geschenk, Hoames.

SHYLOCK HOAMES Danke, Arsène. Ja. Dann wären wir ja alle. Bitte.

Alle machen es sich sozusagen definitiv gemütlich. Es wird niemand mehr erwartet. Miss Dolly schenkt die Gläser mit Portwein voll.

PAUL MAIGRÉ Dankeschön.

MISS MUPPLE Danke.

SHYLOCK HOAMES Wenns der Doktor nicht sieht.

ARSÈNE LUPINESCU Danke.
DR. HUDSON Oh, Miss Dolly. Danke.
HERO WOOLFE Danke.
MISS MUPPLE *hat ihr Glas schon leergetrunken, hält es nochmals hin* Bitte. *Miss Dolly schenkt ein.* Danke.

Miss Dolly nimmt Arsène Lupinescus Zylinder und Handschuhe und trägt sie nach hinten in die Eingangshalle.

ARSÈNE LUPINESCU Voilà. Das sind die Handschuhe, die ich bei meinem Coup im Casino von Monte Carlo getragen habe, 1929.
DR. HUDSON Ja, ja, ja.
PAUL MAIGRÉ Ich erinnere mich. Ich war aber mit der Fahndung nicht beauftragt.
ARSÈNE LUPINESCU *galant* Ich weiß, ich weiß. Mit Ihnen hätte ich das nie riskiert.
MISS MUPPLE Monte. Monte Carlo. Der beste Champagner der Welt. Ich habe dort einmal, während ich ...

Es klopft, laut. Alle sind überrascht.

ALLE Oh.

Pause.

SHYLOCK HOAMES Es hat geklopft.
MISS DOLLY *tritt von hinten auf* Es hat geklopft.
SHYLOCK HOAMES Das haben wir auch gehört, meinen Sie, wir sind schwerhörig.
PAUL MAIGRÉ He?
MISS DOLLY Soll ich öffnen?
SHYLOCK HOAMES Ja. Natürlich. *Miss Dolly ab.* Wir kennen doch sonst keinen Menschen.

Pause. Jerry Corton und Jane treten auf. Jerry Corton geht mit ausgestreckter Hand auf Dr. Hudson zu. Er hat das Imponiergehabe amerikanischer Detektive.

JERRY CORTON Shylock Hoames. Ich freue mich, Sie kennenzulernen.
DR. HUDSON Ich bitte, Sir. Hudson. Doktor Hudson.
JERRY CORTON Ah? Sie sind Doktor Hudson? Ich bin Jerry Corton.
SHYLOCK HOAMES Und was verschafft uns die Ehre Ihres Besuchs, Mister Corton?
JERRY CORTON *dreht sich zu ihm um* Sie kennen mich, Mister? Wer sind denn Sie, Mister?
SHYLOCK HOAMES Hoames. Shylock Hoames, Esquire.
JERRY CORTON Sicher, sicher. Ich hab Sie gleich erkannt, Mister Hoames. Wirklich, ich freu mich, Sie alten Knaben doch noch kennenzulernen. Ich hab ja tatsächlich gedacht, der alte Shylock Hoames, der ist doch sicher schon längst unter dem Boden, nicht wahr, Jane?
JANE Ja, Jerry.
SHYLOCK HOAMES Oh. Das dachten Sie, Sir?
JERRY CORTON Klar, Shylock.
SHYLOCK HOAMES Aha. *Pause.* Soso. *Pause.* Sagen Sie, ist Ihnen auch schon mal ein Mädchen um den Hals gefallen ...
JERRY CORTON Natürlich.
DR. HUDSON Aus einem Kühlschrank.
JERRY CORTON Klar, schon oft. Ich verliere nie den Kopf. Ich weiß immer sofort, mit wem ich es zu tun habe. Sie kennen mich ja.
SHYLOCK HOAMES Ja. Das heißt, nein.
JERRY CORTON Zum Beispiel, um 7 pi em ruft mich der FBI an, er macht mir die Durchsage in den Codewörtern. Um 7 Uhr 02 pi em bin ich im Einsatzwa-

gen, um 7 Uhr 11 pi em fahre ich vor der kleinen Bar in der Siebenundachtzigsten Straße vor, von der ich weiß, sie ist ein illegales Zentrum des illegalen Rauschgifthandels. Ich bin natürlich ganz allein. *Zu Hero Woolfe.* Sie verstehen das ja.

HERO WOOLFE Ja. Das heißt, nein.

JERRY CORTON Ich bin sehr gut ausgebildet. Ich habe den Überlebenstest mit sehr gut bestanden. Ich bin ganz hervorragend ausgerüstet. Da. Hier. *Jerry Corton zieht eine große rote Brieftasche hervor. Daraus nimmt er verschiedene Notenbündel.*

JERRY CORTON Dollars.

ALLE Ohh.

JERRY CORTON Deutschmarks.

ALLE Ohh.

JERRY CORTON Schweizerfranken.

ALLE Ohh.

JERRY CORTON Yens.

ALLE Ohh.

JERRY CORTON Sieben Pässe, in sieben Sprachen, auf sieben Namen. Jerry Corton. *Spricht den Namen französisch aus.* Jerry Corton. *Deutsch.* Jerry Korton. *Spanisch.* Jerry Cortón. *Italienisch.* Jerry Cortone. *Russisch.* Jerry Cortonsk. *Chinesisch.* Jel-ly Col-ton. Wer sich mit mir einläßt, läßt sich mit meinem Land ein. *Zu Paul Maigré.* Sie kennen es ja.

PAUL MAIGRÉ Ja ... nein.

JERRY CORTON Ich weiß, wenn nicht ein zuverlässiger G-Man das illegale Zentrum des illegalen Rauschgifthandels aushebt, wer sonst? *Zu Miss Mupple.* Sie kennen das ja.

MISS MUPPLE Nein.

SHYLOCK HOAMES Ja. Wissen Sie, Mister Corton, ich will auch gerade ein Abenteuer ...

JERRY CORTON Eben, Mister, eben. Ich gehe also, mit meinem unauffälligen Gang, auf den Eingang der illegalen Bar zu. Der bullige Kerl, der den Eingang bewacht, trägt eine kugelsichere Weste, das weiß ich, und als er eine dumme Bewegung macht mit der Hand, da schieße ich ihm natürlich mein Magazin in den Bauch. *Zu Arsène Lupinescu.* Sie kennen das ja.

ARSÈNE LUPINESCU *abwehrend* Oh. Nein!

SHYLOCK HOAMES Mister Corton, das ist ja alles sehr interessant, aber ...

JERRY CORTON Nicht wahr, Mister Hoames, nicht wahr. Zu Hause schaue ich mir dann an, was ich für eine Beute gemacht habe diesmal. Es sind 45 765 Dollars, 45 Quarters, 3472 Dimes, 80 Nickels und 8 Cents. Es geht. Ich bin zufrieden und nehme meine Dusche, bevor Jane kommt. Frauen mögen das nicht, wenn Männer nach Pulver riechen. *Zu Dr. Hudson.* Sie kennen das ja.

DR. HUDSON *heftig* Ja. Das heißt, nein. Lassen Sie Shylock Hoames auch einmal ausreden. Er hat Geburtstag heute.

JERRY CORTON *verblüfft* Aber ... was ist denn ... meine Abenteuer sind doch immer gut ... *Fast weinerlich.* Nicht wahr, Jane.

JANE Ja, Jerry.

SHYLOCK HOAMES Setzen Sie sich.

Jerry Corton setzt sich so, daß sein Rücken von den Zuschauern nicht gesehen wird. Er zieht das Jackett aus. Man sieht zwei Revolver im Schulterhalfter. Shylock Hoames steht rechts auf der Bühne, die andern in einer Gruppe links, teils sitzend, die meisten stehend. Sie trinken, sie essen vom Kuchen. Sie bewegen sich, aber nicht sehr. Dr. Hudson z.B. geht, kurz bevor Jerry Corton »tot« umfällt, mit einer Flasche in der linken Hand, ein, zwei Schritte von ihm weg. Im Augenblick, wo er durch seine Aktionen alle Blicke — die der Schauspieler, die der Zuschauer — auf sich zieht, geht Miss Dolly in die Küche. Wenn Jerry Corton gleich danach

»tot« umfällt, stehen Jane und Arsène Lupinescu am nächsten bei ihm.

SHYLOCK HOAMES Na also. Hörn Sie mal zu. *Er liest aus dem Heft.* »Komm heraus, unsichtbarer Gegner«, rufe ich, und das läßt sich dieser nicht zweimal sagen. Die Küchentür öffnet sich. Ich weiß, es wird ein Er oder Ich geben. Hochaufgerichtet steht der furchtbare Gegner vor mir, und in der Hand hält er ...

ALLE *außer Jerry Corton und Jane* ... seinen gräßlichen giftigen Krummdolch.

Alle atmen aus, vor heftiger Spannung.

SHYLOCK HOAMES Ja. Ich bin sofort unheimlich konzentriert. Ich mache mein britisches Gesicht. Da, plötzlich, höre ich schwere, drohende Schritte. *Pause.* Es ist Dr. Hudson.

DR. HUDSON *sich seiner Wichtigkeit bewußt* Ich bin es.

SHYLOCK HOAMES *hat den Einwurf gar nicht gehört* Ich gebe ihm in der Augensprache einen Befehl. Doktor Hudson packt seinen schweren Arztkoffer, und er kann nicht ahnen, daß der Küchenboden blitzglatt ist.

DR. HUDSON Also wirklich nicht.

SHYLOCK HOAMES Ich auch nicht. Während ich mich vom Boden aufrapple, stürzt sich Doktor Hudson auf den Gegner.

DR. HUDSON *aufgeregt* Ich bekomme ihn auch zu fassen ...

ALLE *außer Jane, Jerry Corton, Dr. Hudson, Shylock Hoames* ... sie bekommen sich zu fassen ...

SHYLOCK HOAMES Der Gegner bekommt Doktor Hudson zu fassen. *Zur Gruppe.* Wäre nicht auch der teuflische Gegner ausgeglitten, Doktor Hudson hätte sich nicht nur die Brille kaputtgemacht am Eck des Küchentischs, sondern den Schädel. Jedenfalls ist Doktor Hudson …

ALLE *außer Jane, Jerry Corton und Doktor Hudson* … blind wie ein Maulwurf.

SHYLOCK HOAMES Genau. So sieht er auch nicht, daß mir aus dem Kühlschrank ein Mädchen von einigen sechs oder sieben Jahren entgegenstürzt. »Ich heiße Miss Bloomfield« sagt es. Es hat in seinem zarten Alter dem Gegner zu Spielen gedient, von denen niemand sonst …

ARSÈNE LUPINESCU … von denen niemand sonst auch nur zu träumen wagt. *Seufzt.*

SHYLOCK HOAMES Und führt mich in den Salon, wo ich …

HERO WOOLFE *zusammen mit Shylock Hoames* … die chinesische Vase …

PAUL MAIGRÉ *zusammen mit Shylock Hoames* … und das kostbare Gemälde sehe.

SHYLOCK HOAMES In der Tasche trage ich …

ARSÈNE LUPINESCU *zusammen mit Shylock Hoames* … den giftigen Krummdolch.

SHYLOCK HOAMES Plötzlich?! Was ist das? Ich stehe vor einer hochaufgerichteten Schlange. Sofort weiß ich, ich werde die Schlange mit meinen Nagelschuhen an der Halsschlagader treffen. *Er scheint es vorführen zu wollen.* So. Die Schlange zischt, so. So. Ich spanne meine Muskeln bis zum Äußersten, so, und dann springe ich, so …

In diesem Augenblick fällt, auf der andern Seite der Bühne, Jerry Corton nach vorn auf die Bühne. Der Krummdolch, der zuvor an der Wand hing, steckt in seinem Rücken. Der Platz an der Wand ist leer. Es herrscht betroffenes Schweigen.

JANE Jerry.

Nun sind alle in Bewegung. Nur Shylock Hoames steht allein mit seinem angefangenen Sprung. Dr. Hudson kniet bei Jerry Corton, er fühlt seinen Puls.

SHYLOCK HOAMES Ist er tot?
DR. HUDSON Sehr tot, Sir.

Alle sind unbeweglich, aber in anderen Positionen als zuvor.

SHYLOCK HOAMES *auf das Messer deutend* Darf ich?
DR. HUDSON Bitte.
SHYLOCK HOAMES *mit dem Messer in der Hand* Der Krummdolch! Er ist hier an der Wand gewesen, vorher. Jemand hat ihn weggenommen.
ALLE Ohh ...
ARSÈNE LUPINESCU Aber wer?
DR. HUDSON Wenn ich mir eine Bemerkung erlauben darf, Sir, als Arzt. Es handelt sich um einen Stich von großer Meisterschaft. Hier. Es ist zwar, medizinisch gesprochen, nicht besonders schwierig, mit einem so spitzen Gegenstand wie diesem hier, so ein großes Organ wie ein Herz zu treffen. Nur, daß das Opfer nicht aufschreit, das erfordert einen Verbrecher mit Erfahrung, sozusagen.
SHYLOCK HOAMES Der Krummdolch, Hudson. Er ist vergiftet, Curare. Das Gift wirkt fast sofort.
DR. HUDSON Ah? Dann allerdings. Ob der Mörder das gewußt hat?
HERO WOOLFE Hat denn keiner etwas gesehen? Ich habe nur auf Shylock Hoames geschaut.
DR. HUDSON Ich auch.
ARSÈNE LUPINESCU Ich auch.
PAUL MAIGRÉ Ich auch.
MISS MUPPLE Ich auch.
JANE Ich auch.
SHYLOCK HOAMES Ich auch.

MISS MUPPLE Jemand von uns ist ein Mörder.
ARSÈNE LUPINESCU Oder eine Mörderin.

Pause.

JANE Was soll jetzt aus mir werden, ohne Jerry?
ARSÈNE LUPINESCU *legt ihr tröstend den Arm um die Schulter* Es wird sich schon jemand finden, Jane.
SHYLOCK HOAMES *mit Autorität* Bitte. Nehmen Sie sich zusammen. Wo haben wir denn gestanden, vor dem Mord? Es ist klar, der Mörder muß dicht bei Jerry Corton gestanden haben. Bitte, stellen Sie sich hin, wie vorhin.
HERO WOOLFE Ich bin hier gewesen.
ALLE Ich hier. Ich hier. So. Hier. Ja.

Sie nehmen ihre Positionen ein. Jetzt stehen sie wie vor dem »Mord«, mit Ausnahme von Miss Dolly, die verschwunden bleibt. Arsène Lupinescu und Jane scheinen am nächsten bei Corton gestanden zu haben.

SHYLOCK HOAMES Arsène Lupinescu, haben Sie ... Ist Ihnen nichts aufgefallen?
ARSÈNE LUPINESCU Nein. Nichts.
SHYLOCK HOAMES Ihnen auch nicht, Jane?
JANE *erschreckt.* Mir? Nein. Gar nichts.

Pause.

SHYLOCK HOAMES Wo ist Miss Dolly?
PAUL MAIGRÉ In der Tat. Sie ist weggegangen.
SHYLOCK HOAMES *ruft* Miss Dolly!
MISS DOLLY *aus der Küche* Sofort. Ich kann auch nicht hexen.
SHYLOCK HOAMES Sie ist in der Küche.
ARSÈNE LUPINESCU Warum nur sticht jemand diesen Jerry Corton tot?

PAUL MAIGRÉ Das viele Geld in seiner Tasche ...
HERO WOOLFE Er ist jung ... und schön ... und kräftig ... gewesen ...
MISS MUPPLE Ja ... wie er hereingekommen ist ... so still ... so lieb ... so sympathisch ... das hat den Mörder sicher provoziert.
DR. HUDSON Ja. Das kann man doch nicht, einfach unangemeldet zu Shylock Hoames kommen.
MISS DOLLY *kommt mit einem Tablett, Teetassen, einer Teekanne aus der Küche* Guter Lord. Was ist denn hier los?
SHYLOCK HOAMES Jerry Corton ist ermordet worden.
MISS DOLLY Ermordet. O Gott.
SHYLOCK HOAMES Wo sind Sie denn gewesen die ganze Zeit, Miss Dolly?
MISS DOLLY In der Küche. Ich habe den Tee gemacht. O Gott.
PAUL MAIGRÉ In der Küche?
MISS DOLLY Kann man nicht wenigstens den Kadaver da wegschaffen, zum Tee, mindestens.
SHYLOCK HOAMES Ja. Wir legen ihn in die Truhe, draußen. Hudson, bitte. Und Arsène Lupinescu.

Shylock Hoames deckt Jerry Corton mit einem Tuch zu. Dr. Hudson und Arsène Lupinescu schaffen Jerry Corton nach hinten. Sie haben einige Mühe, ihn durch die Tür zu bringen.

PAUL MAIGRÉ Also, ich hätte mein Hörrohr verwettet, daß Miss Dolly hier gewesen ist, hier neben mir.
MISS DOLLY So? Hätten Sie?

Pause.

MISS MUPPLE Wir sollten die Polizei holen.
HERO WOOLFE Nein. Nur das nicht.

Pause. Alle schauen Hero Woolfe an, als hätte er sich verdächtig gemacht. Jerry Corton ist inzwischen in der Truhe verstaut.

HERO WOOLFE Ich meine nur, es wäre doch äußerst peinlich, gewöhnliche Polizisten in der Baker Street 222b.

Pause.

MISS MUPPLE Haben Sie Arsène Lupinescu beobachtet? Was für ein Gesicht er gemacht hat? Überhaupt keines. Er hat keine Miene verzogen!

Die Tür öffnet sich. Arsène Lupinescu. Er klopft sich in die Hände, so wie nach getaner Arbeit.

ARSÈNE LUPINESCU So. Das hätten wir.
MISS MUPPLE So? Das hätten Sie?

Die Tür öffnet sich wieder. Dr. Hudson. Er klopft sich die Hände, wie Arsène Lupinescu.

DR. HUDSON So. Das hätten wir.

Pause. Alle rühren stumm im Tee. Alle sehen sich an. Alle, außer Miss Dolly, heben die Teetassen zum Mund.

DR. HUDSON *bevor alle trinken* Sie haben den Tee gemacht, Miss Dolly?
MISS DOLLY Ja.
DR. HUDSON In der Küche? Ganz allein?
MISS DOLLY Natürlich.

Dr. Hudson stellt seine Teetasse hin, ohne getrunken zu haben. Die andern ebenso.

MISS DOLLY Was wollen Sie damit sagen, Doktor Hudson?
DR. HUDSON Ich? Gar nichts. Gar nichts.
MISS DOLLY Dann trinken Sie Ihren Tee. Auf der Stelle.
DR. HUDSON Ja, Miss Dolly. Sofort, Miss Dolly.

Er trinkt. Er schluckt unendlich vorsichtig. Er wartet, starr vor Angst. Alle schauen. Nichts passiert.

DR. HUDSON Er ist sehr gut, Ihr Tee.

Pause. Alle trinken.

SHYLOCK HOAMES Er ist nicht gut, Miss Dolly. Das Wasser hat ja überhaupt nicht gekocht.

Alle schauen Miss Dolly an.

PAUL MAIGRÉ Viele Mörder sind sehr ängstliche Menschen, an sich. Vielleicht hat einer von uns Angst gehabt, daß Jerry Corton plötzlich seine Pistolen zieht und auf ihn schießt.
DR. HUDSON *spontan* Ja ... vielleicht.

Alle schauen Dr. Hudson an.

SHYLOCK HOAMES Warum nicht.
ARSÈNE LUPINESCU Für mich steckt da eine Frau dahinter. Die Eifersucht. Giftmorde, das sind immer Frauenmorde.
JANE *spontan* Ja? Immer?

Alle schauen Jane an.

SHYLOCK HOAMES Aha.
MISS MUPPLE Ich habe schon einmal so einen Fall ge-

habt, genau wie hier. Nur, es war kein FBI-Agent, sondern ein alter Butler, und kein vergiftetes Messer, sondern ein Strick. Damals ist es der Hausherr gewesen.

SHYLOCK HOAMES *spontan* Oh.

Alle schauen Shylock Hoames an.

HERO WOOLFE Vielleicht hat sich jemand im Haus versteckt? Vielleicht hat jemand die Tür geöffnet, während wir alle zu Ihnen hin geschaut haben, und dann — *Er macht eine Handbewegung: Dolchstich.*

SHYLOCK HOAMES Die Tür knarrt. Wir hätten sie gehört.

PAUL MAIGRÉ *mit dem Hörrohr* Eh?

ARSÈNE LUPINESCU Mich haben Sie auch nicht gehört.

SHYLOCK HOAMES Ja ... einen Arsène Lupinescu!

Pause.

DR. HUDSON Trotzdem, Sir. Sollten wir nicht nachsehen? Wir sollten nachsehen, Sir.

ALLE Ja. Tun wir das.

SHYLOCK HOAMES Von mir aus. Ich bleibe hier.

DR. HUDSON Gut. Gehn wir. Nur keine Panik. Wir müssen einfach alle zusammenbleiben.

Alle, außer Shylock Hoames, formieren sich zu einem vorsichtigen Gänsemarsch ins Zimmer rechts. Dr. Hudson geht am Schluß. Shylock Hoames tritt mit der Geige an die Rampe. So kann er nicht sehen, daß Miss Mupple direkt nach hinten geht, allein. Geräusche des Suchens von rechts. Shylock Hoames kratzt seine Melodie. Dazu spricht er, vielleicht im Rhythmus der Melodie.

SHYLOCK HOAMES Es ist sicher ganz einfach. *Pause.* Ich muß einfach systematisch vorgehen. *Pause.* Jane. Sie ist Jerry Cortons Freundin und sagt immer: »Ja, Jerry.« *Pause.* Arsène Lupinescu. Er ist so leise, und er kennt sich aus mit Dolchen. *Pause.* Hero Woolfe. Er ist sehr geschickt in seinem Rollstuhl. *Pause.* Miss Mupple. Sie trinkt. *Pause.* Paul Maigré. Er ist schwerhörig, und Franzose. *Pause.* Miss Dolly. Sie ist immer in der Küche. *Pause.* Doktor Hudson. Er ist Arzt. *Pause.* Jerry Corton. Es ist ein Selbstmord. *Pause.* Ich. *Pause.* Nein. Das ist nicht die richtige Methode.

Hero Woolfe, Miss Dolly, Arsène Lupinescu, Jane und Dr. Hudson kommen aus dem Zimmer rechts. Halten sie sich jetzt bei den Händen? Nach hinten ab. Paul Maigré fehlt. Geräusche des Suchens hinten. Shylock Hoames spielt weiter.

SHYLOCK HOAMES Warum der Krummdolch? Warum kommt Jerry Corton heute zu mir? Warum hat Miss Dolly keine Zeit gehabt, das Teewasser aufzukochen? Wer hat neben Jerry Corton gestanden? Was gibt es für ein Motiv? Warum hat Doktor Hudson Angst vor dem Tee? Wann ist Miss Dolly in die Küche gegangen?

Hero Woolfe, Miss Dolly, Dr. Hudson und, jetzt, Miss Mupple kommen von hinten. Sie gehen in die Küche. Halten sie sich angstvoll angekrallt? Aus der Küche Geräusche von Töpfen etc.

SHYLOCK HOAMES Wie lange dauert es, bis ein Toter, der sitzt, nach vorne umfällt? Eine Sekunde? Zwei? Fünf? Wieviel Geld hat Jerry Corton bei sich? Warum? Und warum will Miss Mupple ständig meine Geige haben?

Hero Woolfe, Miss Dolly und Miss Mupple kommen aus der Küche. Shylock Hoames setzt die Geige ab.

SHYLOCK HOAMES Und?
HERO WOOLFE Nichts.
MISS DOLLY Niemand.
MISS MUPPLE Kein Tropfen.

Maigré kommt aus dem Zimmer rechts.

SHYLOCK HOAMES Und?
PAUL MAIGRÉ *nimmt das Hörrohr hoch* Eh?
SHYLOCK HOAMES Haben Sie etwas gefunden?
PAUL MAIGRÉ Nein. Aber ich habe etwas gefunden.

Er zieht die beiden Revolver Jerry Cortons hervor. Es sieht so aus, als wolle er die Anwesenden bedrohen. Aber er will sie nur Shylock Hoames geben.

ALLE *erschrocken* Ohh.
PAUL MAIGRÉ *gibt die Revolver Shylock Hoames* Hier.
SHYLOCK HOAMES Jerry Cortons Revolver.
PAUL MAIGRÉ Sie sind versteckt gewesen, in Ihrem Nachttisch.
SHYLOCK HOAMES In meinem Nachttisch?
HERO WOOLFE Wer kann sie denn dahin getan haben?
SHYLOCK HOAMES Alle ... außer mir. Ihr seid alle da drin gewesen, grad eben.
PAUL MAIGRÉ Miss Mupple nicht.
SHYLOCK HOAMES Nicht?
MISS MUPPLE Nein. Ich ... ich mußte ... *Sie flüstert Shylock Hoames etwas ins Ohr.*
SHYLOCK HOAMES *ganz Gentleman, der eine Intimität hört* Oh.
MISS DOLLY *zu Shylock Hoames* Was?

Shylock Hoames flüstert Miss Dolly etwas ins Ohr.

MISS DOLLY Oh.
HERO WOOLFE *zu Miss Dolly* Was sagt er?

Miss Dolly flüstert Hero Woolfe etwas ins Ohr.

HERO WOOLFE Oh.
PAUL MAIGRÉ *der schon die ganze Zeit das Hörrohr hingehalten hat* Ich verstehe kein Wort.

Zuerst sieht es so aus, als schrie Hero Woolfe nun in Maigrés Hörrohr hinein. Dann aber flüstert er.

PAUL MAIGRÉ *verstehend* Ach so. Natürlich.

Dr. Hudson kommt aus der Küche. Er trägt, mit spitzen Fingern, blutverschmierte Handschuhe vor sich her.

DR. HUDSON *zu Shylock Hoames* Sir. Verzeihung. Es könnte sein, daß dieses da von einiger Wichtigkeit ist, oder?
ALLE Ohh.
SHYLOCK HOAMES Die Handschuhe des Mörders. Sie entwickeln sich zum Detektiv, langsam. Wo sind sie gewesen?
DR. HUDSON Hinter den Kochtöpfen, Sir.
PAUL MAIGRÉ Das sind doch ...
HERO WOOLFE Sie passen jedem von uns.
MISS MUPPLE Aber nur einer hat sie getragen.
PAUL MAIGRÉ Das sind doch die Handschuhe von Arsène Lupinescu.
MISS DOLLY Ja. Aber ja. Ich habe sie doch in die Garderobe getan, vorhin.
SHYLOCK HOAMES Sehen Sie nach, ob sie weg sind.
MISS DOLLY Ja.

Sie öffnet die hintere Tür. Man sieht Arsène Lupinescu und Jane, die sich in den Armen liegen. Sie fahren auseinander.

ALLE Ohh.

Arsène Lupinescu und Jane kommen herein.

ARSÈNE LUPINESCU Wir ... wir haben sehr sorgfältig gesucht, bis jetzt.
SHYLOCK HOAMES Und? Was haben Sie gefunden?
ARSÈNE LUPINESCU Die Brieftasche von Jerry Corton. In Hero Woolfes Manteltasche.
HERO WOOLFE Wo?
ARSÈNE LUPINESCU Nicht wahr, Jane?
JANE Ja, Arsène.
HERO WOOLFE Hinter den Kochtöpfen findet man dafür Ihre Handschuhe. Voller Blut.
ARSÈNE LUPINESCU Voller Blut?!

Pause. Alle schauen zwischen den Handschuhen und der Brieftasche hin und her. Währenddessen wendet sich Shylock Hoames heimlich und geheimnisvoll Hero Woolfe zu.

SHYLOCK HOAMES *zu Hero Woolfe, von den andern unbemerkt* Kommen Sie zu mir zurück, nachher. Ich habe eine Spur. Es geht auf Leben und Tod.
HERO WOOLFE Was?
SHYLOCK HOAMES *zieht eine Taschenuhr hervor; zu den andern, ohne sich um Hero Woolfe zu kümmern* Was? Es ist bald Mitternacht? Nanu ... so spät schon?
HERO WOOLFE *für sich* Ich komme zu ihm zurück nachher? Er hat eine Spur? Es geht auf Leben und Tod? Ich verstehe kein Wort.
PAUL MAIGRÉ *hat die Handschuhe und die Briefta-*

sche in der Hand, eifrig Es ist doch sonnenklar. Die Pistolen. Hier, die Brieftasche und die Handschuhe. Jemand hat das alles beiseite geschafft, für sich, für später. *Zu Shylock Hoames.* Da. Sehen Sie doch. Das viele Geld. Die Pässe.

SHYLOCK HOAMES Gewiß, Maigré. Ich ... ich glaube, wir haben einige Stunden Ruhe verdient, nach all den Aufregungen.

MISS MUPPLE *eifrig, sich nicht um Shylock Hoames kümmernd, mit den Gegenständen in der Hand* Aber ... natürlich ... das springt doch in die Augen! Das ist immer so ... ein Toter ... eine Tatwaffe ... ein Motiv ... ein Mörder ... einer muß ihn doch umgebracht haben ...

ARSÈNE LUPINESCU *nimmt ihr die Handschuhe und die Brieftasche weg* Ein klassisches Verbrechen ... ich meine ... eine gute Leistung ... kein Anfänger, meine Damen und Herren.

SHYLOCK HOAMES *nimmt Handschuhe und Brieftasche. Die Brieftasche steckt er in seine Tasche. Die Handschuhe legt er auf den Tisch* Gewiß, gewiß. Es ist aber schon sehr spät heute. Miss Dolly hat Ihnen Ihre Zimmer vorbereitet. Sie logieren alle im ersten Stock, wie immer. Sie kennen sich ja aus. Für Hero Woolfe haben wir das Zimmer da hinten bereit, wie immer. *Zu Hero Woolfe.* Sie sollen ja nicht klettern, mit Ihrem Rollstuhl.

HERO WOOLFE Danke.

MISS MUPPLE Aber ... es ist doch noch kaum Mitternacht ... wir haben doch noch so viel zu trinken.

SHYLOCK HOAMES Ich bin sehr müde, Miss Mupple. *Gähnt übertrieben.*

ARSÈNE LUPINESCU Wir sind eigentlich auch müde. *Gähnt übertrieben.* Nicht wahr, Jane.

JANE Ja, Arsène. *Gähnt, pro forma.*

DR. HUDSON Ich bin auch müde. *Gähnt, wie echt.*

MISS DOLLY Ich mache das Geschirr.

PAUL MAIGRÉ Oh. Das ist aber schade ...
MISS MUPPLE Grad jetzt, wo es spannend wird ... Ja dann. Gute Nacht.
ALLE ANDERN *zu Shylock Hoames* Gute Nacht.
SHYLOCK HOAMES Gute Nacht.

Alle ab, nach hinten, außer Miss Dolly, die in die Küche geht. Miss Mupple nimmt ein paar Flaschen mit. Hero Woolfe versucht, von Shylock Hoames ein Zeichen zu erhaschen. Aber dieser hat schon seine Geige in der Hand und fängt an, an der Rampe vorn, seine Melodie zu spielen.

SHYLOCK HOAMES Oh, Sterben, oh, Sterben ist des Menschen Verderben.

Alle sind jetzt draußen. Shylock Hoames spielt. Die Tür in seinem Rücken öffnet sich langsam, eine Hand greift herein, dreht den Lichtschalter. Völlige Dunkelheit. Shylock Hoames spielt weiter.

SHYLOCK HOAMES Sind Sies?

Türenknarren. Jetzt bricht die Geige kratzend ab. Ein Hin und Her auf der Bühne, undefinierbare Bewegungen, Stöhnen, ein Körper, der hinfällt. Im Nachhinein muß diese Szene vom Zuschauer sowohl als die Verkleidungsszene, die tatsächlich stattfindet (vgl. im zweiten Akt), als auch als Mord an Shylock Hoames deutbar sein.

Wenn das Licht wieder angeht, liegt, vorne an der Rampe, Shylock Hoames, das Gesicht vom Publikum abgewendet. In seinem Rücken steckt der Krummdolch. Blut hat sein Jackett rot verfärbt. Hero Woolfe kommt, im Rollstuhl, zur Tür herein. Er steht auf, beugt sich über Shylock Hoames. Er trägt ein weißes Nachthemd. Hat er eben die »Leiche« entdeckt? Hat er Shylock Hoames eben umgebracht?
Er deckt das Gesicht des Toten zu. Er setzt sich in den Rollstuhl, rollt nach hinten, mit allen Anzeichen des Entsetzens.

HERO WOOLFE Guter Lord. Shylock Hoames. *Ruft.* Doktor. Doktor Hudson. Schnell. Kommen Sie.
MISS DOLLY *kommt — ohne ihre Schürze — aus der Küche, mit einem Küchentuch und einer Teetasse* Was ist denn jetzt wieder los?
HERO WOOLFE Da. Shylock Hoames. Er ist ermordet worden.
MISS DOLLY Nein. Nein. O Gott.

Dr. Hudson und Maigré kommen angelaufen. Sie tragen weiße Nachthemden.

HERO WOOLFE Schnell. Hier.
DR. HUDSON Was ... Himmel ... Teufel ... Shylock Hoames. Das ist doch gar nicht möglich.

Er kniet nieder, fühlt den Puls, wie zuvor. Pause.

HERO WOOLFE Tot, nicht wahr.
DR. HUDSON Ja. Völlig tot.
PAUL MAIGRÉ Der Krummdolch. Der giftige Krummdolch. Es ist derselbe wie bei Jerry Corton.

ALLE ANDERN Ohh.

Arsène Lupinescu und Jane treten auf, von hinten. Sie tragen weiße Nachthemden, Jane ein modernes, modisches.

ARSÈNE LUPINESCU Was ist los?
JANE Oh.

Pause.

PAUL MAIGRÉ Wir sind doch eben alle gemeinsam in unsere Zimmer gegangen. Ich habe mein Nachthemd angezogen, aber dann bin ich noch so wach gewesen, daß ich ins Zimmer von Doktor Hudson hinübergegangen bin.
DR. HUDSON Ja. Wir haben uns unterhalten. Und plötzlich haben wir die Stimme von Hero Woolfe gehört. Da sind wir nach unten gerannt.
ARSÈNE LUPINESCU Shylock Hoames hat doch noch allein Geige gespielt, oder?
PAUL MAIGRÉ Ja.
HERO WOOLFE Sie haben ihn gehört?
PAUL MAIGRÉ Ich habe ihn erraten ... die Schwingungen ... Was haben *Sie* eigentlich hier gemacht?
HERO WOOLFE Ich hatte mein Toilettenköfferchen vergessen, mit meinen Sachen für die Nacht. Ich wollte es holen. Hier steht es.
PAUL MAIGRÉ Ihr Toilettenköfferchen?
HERO WOOLFE Ich komme herein, nichtsahnend, und da liegt Shylock Hoames, in seinem Blute. Oh.
ARSÈNE LUPINESCU Ein trostloses Alibi, Hero Woolfe.
HERO WOOLFE So? Und Ihres? Und das von Miss Dolly? Von Jane? He?

Pause.

ARSÈNE LUPINESCU Ich … Wir haben ein Alibi.
HERO WOOLFE So?
ARSÈNE LUPINESCU Wir … ich …
JANE Arsène meint, wir sind zusammengewesen, die ganze Zeit. Nicht wahr, Arsène?
ARSÈNE LUPINESCU Ja, Jane.

Pause.

DR. HUDSON *mit plötzlicher Rührung* Oh. Ein Streichholz. Sein letztes Streichholz. *Hebt es auf.*
PAUL MAIGRÉ Das kann auch irgendein Streichholz sein.
DR. HUDSON Sir. In diesem Haus raucht niemand, außer Shylock Hoames.
PAUL MAIGRÉ Ja … Leider … *Detektivmanier.* Shylock Hoames hat also geraucht.
ALLE *als sei das eine Spur* Ja.
PAUL MAIGRÉ Wenn Shylock Hoames aber geraucht hat, dann hat er …? Was?
DR. HUDSON Ich weiß nicht …
PAUL MAIGRÉ Dann hat er, lieber Hudson, Zeit gehabt, sich eine Pfeife anzuzünden, nachdem er die Geige abgesetzt hatte. Man raucht nicht, wenn man geigt.
ARSÈNE LUPINESCU *aufgeregt* Das bedeutet, er hat gewußt, wer der Mörder von Jerry Corton ist. Das Geigenspielen war seine Methode zum Nachdenken. Er hätte nie aufgehört damit, wenn er nicht sicher gewesen wäre, den Mörder zu kennen.
PAUL MAIGRÉ *ebenso* Aber er hat sich geirrt, Lupinescu, er hat sich geirrt.
ARSÈNE LUPINESCU Wieso?
PAUL MAIGRÉ Weil er den, der zur Tür hereingekommen ist, nicht für den Mörder gehalten hat. Er hätte sich doch sonst nicht überrumpeln lassen. Wir hätten doch etwas gehört … einer von euch.

DR. HUDSON Ja. Der Mörder aber mußte denken, daß Shylock Hoames schon wußte, daß er der Mörder ist. Ich meine, er hat Shylock Hoames getötet, bevor er uns allen sagen konnte, was er entdeckt hatte.

Pause.

PAUL MAIGRÉ Miss Dolly. Wo sind Sie gewesen?
MISS DOLLY In der Küche. Ich habe abgewaschen.
PAUL MAIGRÉ Ist Ihnen denn nicht aufgefallen, daß Shylock Hoames plötzlich aufgehört hat mit dem Geigenspielen?
MISS DOLLY Doch. Aber ich bin froh gewesen. Er hat wie ein Nilpferd gespielt.

Pause. Alle Detektive heben, Spuren sichernd, irgendwelche Dinge hoch bzw. kriechen herum.

DR. HUDSON Die Geige! Wo ist die Geige?
ALLE Ohh.
DR. HUDSON Weg. Der Mörder hat sie mitgenommen.

Pause.

ARSÈNE LUPINESCU *zu Hero Woolfe* Kann ich einmal hineinsehen, in Ihren Koffer da?
HERO WOOLFE Also, *ich* habe die Geige nicht. *Er öffnet den Koffer.* Hier.

Der Koffer enthält verschiedene Dinge, aber nichts, was in der Nacht benötigt wird.

PAUL MAIGRÉ Und *dafür* sind Sie nochmals hierhergekommen? Das brauchen Sie im Bett, nachts? Das, das und das?

HERO WOOLFE Ja. *Pause.* Nein. Es ist so gewesen. Bevor wir ins Bett gegangen sind, hat Shylock Hoames mir etwas zugeflüstert, nämlich: »Kommen Sie zurück. Ich habe eine Spur. Es geht auf Leben und Tod.« Er hat es gewußt! Und ich, ich bin zu spät gekommen. Er ist schon tot gewesen. Oh.

Im Hintergrund ein Schrei. Ein Rumpeln, Schritte. Miss Mupple tritt auf. Sie trägt ein weißes Nachthemd.

MISS MUPPLE Oh. Dort ... dort hinten.
PAUL MAIGRÉ Miss Mupple. Was ist los?
MISS MUPPLE Ein ... ein Gespenst. Dort, hinten, unten.
DR. HUDSON Beruhigen Sie sich. Da. Trinken Sie ein Glas.

Er schenkt ihr ein Glas ein. Sie stürzt es hinunter.

DR. HUDSON Das wird Ihnen bestimmt guttun.
MISS MUPPLE Ja.

Maigré hat ihr ein zweites Glas eingegossen.

PAUL MAIGRÉ Da ... *Sie stürzt es hinunter.* Das wird Ihnen guttun.
MISS MUPPLE Ja. *Sie schenkt sich selbst ein drittes Glas ein und stürzt es hinunter.* Ah. Das tut gut.
DR. HUDSON Was ist denn passiert?
MISS MUPPLE Ich ... ich bin im Bett gewesen, und plötzlich sehe ich, daß alle Flaschen leer sind. Ich habe gedacht, sicher finde ich etwas hier unten. Ich gehe also, und plötzlich, da hinten, im Korridor, sehe ich ein ... etwas wie ein großes schwarzes Tier. So groß, und mit einer Geige in der Hand.
PAUL MAIGRÉ Ein großes schwarzes Tier mit einer Geige in der Hand?

MISS MUPPLE Das heißt, ich habe nur den Schatten gesehen. So einen Schatten. Es ist der Mörder von Jerry Corton, ganz bestimmt. *Pause.* Was für ein Beruf. Ich habe genug von diesen Mordgeschichten. Immer dieses Blut. Ich kann keinen Toten mehr sehen, ich kann nicht. *Sie sieht Shylock Hoames.* O Gott. Noch so einer. *Sie sinkt auf einen Stuhl.*

PAUL MAIGRÉ *beruhigend* Regen Sie sich nicht auf, Miss Mupple. Ganz ruhig. Shylock Hoames ist tot.

MISS MUPPLE *schwach* Ja. Shylock Hoames ist tot. *Pause, begreift plötzlich.* Shylock Hoames ist tot?

DR. HUDSON *sehr nervös* Wir dürfen jetzt nur nicht die Nerven verlieren. Ganz, ganz ruhig. Wir müssen uns einfach alle im Auge behalten und auf jedes Geräusch achten. Keine Panik. Ganz, ganz ruhig.

MISS MUPPLE Kann man nicht wenigstens diesen Kadaver wegschaffen?

HERO WOOLFE Ja.

Er deckt Shylock Hoames mit einem Tuch zu, legt ihn, mit Maigrés Hilfe, quer vor sich auf den Rollstuhl, rollt zum Uhrkasten und verstaut ihn darin, immer mit Maigrés Unterstützung. Schon ist die Uhrkastentür wieder zu. Die beiden klopfen sich die Hände.

HERO WOOLFE So. Das hätten wir.

PAUL MAIGRÉ So. Das hätten wir.

Pause.

ARSÈNE LUPINESCU Dieses große schwarze Tier, Miss Mupple ...

MISS MUPPLE Was für ein Tier?

ARSÈNE LUPINESCU Der Schatten, da hinten.

MISS MUPPLE Ah. Ja.

ARSÈNE LUPINESCU Ein kleiner Nachtfalter sieht wie ein prähistorischer Drache aus, vor einer Kerze, auf der gegenüberliegenden Wand. Könnte es nicht so ein Tier gewesen sein?

MISS MUPPLE Doch. Vielleicht ... Ich habe Durst gehabt ...

Pause.

ARSÈNE LUPINESCU Einer von uns ist der Mörder. Sie, Sie, Sie, Sie oder Sie.

Pause.

PAUL MAIGRÉ Oder Sie.

Pause. Plötzlich erlischt das Licht. Die Bühne ist stockdunkel. Man sieht allenfalls die weißen Nachthemden.

ALLE Ohh.

Pause.

MISS MUPPLE Ich habe Angst.

Pause.

DR. HUDSON Ganz ruhig bleiben. Keine Panik.

Pause.

ARSÈNE LUPINESCU Gibt es hier Kerzen?

MISS DOLLY Ja. Im Geburtstagskuchen.

Ein Streichholz. Arsène Lupinescu zündet die Kerzen an. Sie sind die einzige Bühnenbeleuchtung.

ARSÈNE LUPINESCU Wo wo sind die die Sicherungen?

MISS DOLLY Da. Hinten. Neben der Truhe.
ARSÈNE LUPINESCU Doktor Hudson. Kommen Sie mit mir.
DR. HUDSON Ja. *Arsène Lupinescu geht.* Warten Sie doch.

Beide ab.

HERO WOOLFE Das ist kein Zufall.

Pause.

PAUL MAIGRÉ Der Mörder will noch ein Opfer.

Pause.

MISS DOLLY Ja ... aber wen?

Pause.

JANE Wir sind doch alle hier gewesen. Wer hat denn das Licht ausgemacht?

Pause. Die Tür knarrt. Miss Dolly, Hero Woolfe, Jane, Miss Mupple und Maigré erschauern. Arsène Lupinescu und Dr. Hudson kommen zurück.

ARSÈNE LUPINESCU Jemand ... jemand hat alle Sicherungen herausgeschraubt. Nur nur die, die für hier, für diesen Raum, die die hat er dringelassen. Und dann dann hat er alle alle Stromkreise an diese eine eine Sicherung angeschlossen. Und dann hat er gemütlich warten können bis bis sie durchgebrannt ist. Jetzt ist sie durchgebrannt.
MISS MUPPLE Jemand will uns abschlachten, in der Dunkelheit, einen nach dem andern, mit dem giftigen Krummdolch.

ARSÈNE LUPINESCU Aber das zu installieren mit der Sicherung, das ist doch kompliziert. Dazu braucht man doch Zeit. Wer von uns ist denn alleine hinten gewesen, genügend lang?

Pause.

MISS MUPPLE Ich habe Angst. Ich will in mein Bett.
DR. HUDSON Ich komme mit Ihnen, Miss Mupple. Verzeihen Sie, Miss Mupple. Ich weiß schon gar nicht mehr, was ich rede, Miss Mupple.
PAUL MAIGRÉ Miss Mupple hat recht. In den Zimmern, da kann uns nichts geschehen. Der Mörder will die Dunkelheit, schließlich, nicht wir ... Morgen, im ersten Licht des jungen Tages, werden auch die Geheimnisse, die jetzt auf uns lasten, heller aussehen, oder?
DR. HUDSON Ruhig. Ganz ruhig. Jeder beobachtet jeden. Es kann gar nichts geschehen. Keine Panik.

Jeder nimmt eine Kerze. Alle gehen im Gänsemarsch nach hinten ab. Jemand stößt einen Stuhl um, alle erschrecken sehr. Durch die Milchglasscheibe verschwindet der Kerzenschein. Es ist stockdunkel. Finstere Stille. Nach einer fast unerträglichen Stille öffnet sich die hintere Tür knarrend wieder. Eine weißgekleidete Gestalt — es ist Arsène Lupinescu — schleicht über die Bühne. Ab nach rechts. Wieder öffnet sich knarrend die hintere Tür. Eine zweite weißgekleidete Gestalt — es ist Maigré — schleicht über die Bühne und verschwindet in der Küche. Stille. Wieder öffnet sich knarrend die hintere Tür. Dr. Hudson, von der Kerze, die er in der Hand hält, beleuchtet, tritt auf. In der Hand hat er eine große Schere. Er geht zum Schreibpult, stellt die Kerze darauf, setzt sich. Er sucht in den Papieren. Wieder öffnet sich die Tür. Eine Gestalt kommt näher. Es ist Shylock Hoames. Denn die Zuschauer — und mit ihnen die De-

tektive — glauben zwar, daß der zweite Tote von vorhin Shylock Hoames ist. In Wirklichkeit hat der Schauspieler, der Jerry Corton spielt, auf der Bühne gelegen, in den Kleidern von Shylock Hoames. Die Leiche Jerry Corton ist, in der Fiktion des Stücks, als Shylock Hoames verkleidet worden. Shylock Hoames darf jetzt nicht erkannt werden. Eventuell trägt er einen Strumpf überm Gesicht. Er spricht flüsternd-zischelnd.

SHYLOCK HOAMES Was suchen Sie denn da?

Dr. Hudson fährt erschreckt herum. Er stößt die Kerze um. Sie verlöscht.

DR. HUDSON Hrrr ... wer ... wer sind Sie?

Völlige Dunkelheit. Stille. Dann leuchtet eine starke Taschenlampe auf. Dr. Hudson steht geblendet in ihrem Lichtkegel.

SHYLOCK HOAMES Die Brille. Schnell. Geben Sie her.
DR. HUDSON Ja, Sir. Hier, Sir.

Dr. Hudson gibt Shylock Hoames die Brille. Von nun an ist er sozusagen blind.

SHYLOCK HOAMES Also?
DR. HUDSON Ich ... ich kann nicht schlafen. Ich vertrete mir die Beine.
SHYLOCK HOAMES Sie lügen.
DR. HUDSON Ja, Sir. Ich lüge, Sir. Gnade, Sir.
SHYLOCK HOAMES *Was* suchen Sie?
DR. HUDSON Das Testament, Sir.
SHYLOCK HOAMES Was für ein Testament?
DR. HUDSON Das Testament von Shylock Hoames, Sir. Ich erbe die Geige.

SHYLOCK HOAMES Und die Schere? Was wollen Sie damit?

DR. HUDSON Mit der Schere? Oh. Nichts. Ich habe sie gefunden, zufällig. Ich gebe Ihnen die Geige, wenn Sie mich am Leben lassen.

SHYLOCK HOAMES Geben Sie das Testament her.

DR. HUDSON Ja, Sir. *Er gibt ihm das Testament.* Ich möchte nicht sterben, Sir.

SHYLOCK HOAMES Wer möchte schon sterben?

DR. HUDSON So muß ich denn scheiden aus dieser Welt.

Pause. Die Taschenlampe verlöscht. Die Gestalt, im Dunkeln, ab. Stille.

DR. HUDSON Ich bin tot. *Pause.* Bin ich tot? Das Gespenst von Jerry Corton. Nein. Der Mörder von Shylock Hoames. Oh.

Er sinkt in den Schaukelstuhl. Er schaukelt. Von rechts und links kommen gleichzeitig, geduckt wie Katzen zum Sprung, Maigré und Lupinescu hereingeschlichen. Beide nähern sich Dr. Hudson, der davon nichts merkt. Beide tun gleichzeitig einen gewaltigen Sprung.

PAUL MAIGRÉ und ARSÈNE LUPINESCU Hab ich dich!

DR. HUDSON *Panik* Harrrrr. Hilfe. Gnade.

In diesem Augenblick geht das Licht wieder an. Man sieht Maigré und Arsène Lupinescu, die jeder einen Arm von Dr. Hudson umkrallt haben. Dr. Hudson sitzt blind im Schaukelstuhl und erkennt rein gar nichts. Er dreht jeweils den Kopf blind in die Richtung, aus der er die Stimme hört.

PAUL MAIGRÉ Was seh ich? Sie? Und Sie?

ARSÈNE LUPINESCU Was seh ich? Sie? Und Sie?

DR. HUDSON Was seh ich? *Resigniert.* Nichts. *Ohne Hoffnung.* Hilfe.

PAUL MAIGRÉ Darf ich Sie fragen, Herr Lupinescu, was Sie zu dieser nachtschlafenden Stunde hier herumzuschnüffeln haben?

ARSÈNE LUPINESCU Können Sie mir erklären, Herr Maigré, was Sie so spät noch herumschleichen hier?

PAUL MAIGRÉ Ich suche einen Mörder.

ARSÈNE LUPINESCU Ich auch.

PAUL MAIGRÉ So? Haben Sie ihn gefunden?

ARSÈNE LUPINESCU Nein. Sie?

PAUL MAIGRÉ Ja. Seine Schürze.

Er holt eine blutverschmierte Schürze hervor.

ARSÈNE LUPINESCU Miss Dollys Schürze. Sie ist voller Blut.

Hero Woolfe tritt auf, von hinten, im Rollstuhl.

PAUL MAIGRÉ Was tun *Sie* eigentlich hier, Doktor Hudson?

DR. HUDSON Ich ... ich suche meine Brille, Sir. Ich habe sie verloren.

ARSÈNE LUPINESCU Ihre Brille?

DR. HUDSON Ja, Sir.

HERO WOOLFE *in Dr. Hudsons Rücken* Sie lügen.

DR. HUDSON *erschrickt* Ja, Sir. Ich lüge, Sir. Gnade, Sir.

PAUL MAIGRÉ *Was* haben Sie dann gesucht?

DR. HUDSON Wie ich dem Herrn vorhin schon erklärt habe ...

ARSÈNE LUPINESCU Welchem Herrn?

DR. HUDSON Ich wollte nachsehen, ob das Testament von Shylock Hoames noch im Schreibpult ist.

PAUL MAIGRÉ Shylock Hoames hat ein Testament? Und das sagen Sie erst jetzt?

DR. HUDSON Ich bin ja nicht gefragt worden.

Arsène Lupinescu ist zum Schreibpult gegangen. Dr. Hudson hält erwartungsvoll den Kopf in die Richtung, aus der die bisherigen Fragen Arsène Lupinescus gekommen sind.

ARSÈNE LUPINESCU Da ist kein Testament.
DR. HUDSON *dreht sich zu ihm hin* Der Herr von vorhin hat es weggenommen, Sir.
PAUL MAIGRÉ Welcher Herr?
DR. HUDSON Der Herr Mörder, Sir. Er ist plötzlich dagewesen, wie der Habicht aus dem heiteren Himmel.
ARSÈNE LUPINESCU Wie hat er ausgesehen, dieser Herr?
DR. HUDSON Sir. Ohne Brille kann ich Sie nicht von der Queen Victoria unterscheiden.
PAUL MAIGRÉ Wo haben Sie denn Ihre Brille gelassen?
DR. HUDSON Der Herr Mörder hat sie mir auch weggenommen, Sir. Er lispelt, Sir.
ARSÈNE LUPINESCU Er lispelt?
DR. HUDSON Ja. *Dr. Hudson lispelt nicht. Er spricht mit Sch-Lauten statt mit S-Lauten.* Er schpricht scho: »Doktor Hudschon«, — *mit normaler Stimme* — sagte der Herr Mörder mit fürchterlicher Stimme, — *mit verstellter Stimme* — »Schie schind ein Mann desch Todesch, wenn Schie nischt schofort dasch Teschtament herauschrücken, und die Brille.« *Mit normaler Stimme.* Es war, als führe mir ein übermenschlich großes Rasiermesser den Rücken hinunter, und ich sah sofort, daß es richtig war, auf sein Ansinnen einzugehen, zum Schein natürlich.
HERO WOOLFE Ja.
DR. HUDSON Ich mußte das Ungeheuer in Menschengestalt, denn um ein solches in einer solchen

handelte es sich, in Sicherheit wiegen, oder. *Er demonstriert nun, was er sagt — aber er ist fast blind.* Ich gehe also mutig auf diesen zähnefletschenden Unmenschen zu, Sie kennen mich ja.

HERO WOOLFE Ja.

DR. HUDSON Ohne auch nur eine Sekunde zu zögern, übergebe ich ihm das Testament, und die Brille. Es ist ein Trick, Sie verstehen das ja.

HERO WOOLFE Nein.

DR. HUDSON Doch. Plötzlich, mit einem wilden Aufschrei, stürze ich mich auf ihn. Ich kriege ihn auch zu fassen, das heißt, wir kriegen uns zu fassen.

HERO WOOLFE Das heißt, er kriegt Sie zu fassen.

DR. HUDSON Ja, Sir. Natürlich, Sir. *Pause. Dann mit verstellter Simme.* »Schie Schlange«, — *mit normaler Stimme* — zischt das Scheusal wie von Sinnen. *Mit verstellter Stimme.* »Isch werde Schie vernischten, Hudschon.« *Mit normaler Stimme.* »Nun, dann mal los«, sage ich ruhig, Sie kennen mich ja.

HERO WOOLFE Ja.

DR. HUDSON Schon glaube ich den Gegner der menschlichen Gerechtigkeit zugeführt zu haben, als, plötzlich, ein Blitz aufleuchtet, ich bekomme einen Schlag auf den Kopf, und weg ist er.

PAUL MAIGRÉ Weg. Mit dem Testament.

DR. HUDSON Und der Brille, Sir.

Miss Dolly tritt von hinten auf. Sie trägt ein weißes Nachthemd. Sie hat Dr. Hudsons Brille in der Hand.

MISS DOLLY Das Licht brennt wieder. Wer hat es repariert?

ARSÈNE LUPINESCU In der Tat. Wer hat es repariert? Ich bin hier gewesen.

PAUL MAIGRÉ
HERO WOOLFE
DR. HUDSON } Ich auch.

ARSÈNE LUPINESCU Bleiben Jane und Miss Mupple. Wo sind denn Sie gewesen, bis jetzt, Miss Dolly?

MISS DOLLY Im Bett. Wo sonst?

PAUL MAIGRÉ Sie sind meistens in der Küche.

MISS DOLLY Da. Ich habe eine Brille gefunden.

DR. HUDSON *wendet sich ihr blind zu* Eine Brille, Sir?

MISS DOLLY Ja.

DR. HUDSON Bitte, geben Sie, bitte.

MISS DOLLY Bitte.

DR. HUDSON Danke, Sir. *Er setzt die Brille auf.* Oh. Miss Dolly. Danke.

MISS DOLLY *sieht die blutverschmierte Schürze* Jesses. Was ist mit der passiert?

PAUL MAIGRÉ Das wollte ich Sie fragen, Miss Dolly.

MISS DOLLY Also, ich weiß nicht. Ich habe Tee gekocht, keine Blutwürste.

ARSÈNE LUPINESCU Wann haben Sie die zum letztenmal getragen? Vor oder nach dem Tod von Shylock Hoames?

MISS DOLLY Ich glaube, vor.

Pause.

HERO WOOLFE Vielleicht kämen wir weiter, wenn wir wüßten, was im Testament von Shylock Hoames steht.

DR. HUDSON Ich weiß es.

ARSÈNE LUPINESCU Und das sagen Sie erst jetzt?

DR. HUDSON Ich bin ja nicht gefragt worden. *Zu Lupinescu.* Sie erben den giftigen Krummdolch.

ARSÈNE LUPINESCU Oh.

DR. HUDSON *zu Maigré* Sie erben das Gemälde.

PAUL MAIGRÉ Ah?

DR. HUDSON *zu Hero Woolfe* Sie erben die chinesische Vase.

HERO WOOLFE Oh.

PAUL MAIGRÉ Und Sie, Doktor Hudson? Erben Sie gar nichts?
DR. HUDSON Doch. Die Geige.
ALLE Ohh.

Pause.

DR. HUDSON Shylock Hoames' Haus in der Baker Street 222b erbt Miss Dorothy Abigail Bloomfield.
ALLE Ohh.
ARSÈNE LUPINESCU Wer ist Miss Bloomfield?
MISS DOLLY Ich.
ALLE ANDEREN Sie, Miss Dolly?
DR. HUDSON Und das sagen Sie erst jetzt?
MISS DOLLY Ich bin ja nicht gefragt worden.
DR. HUDSON Dolly ... Dorothy ... natürlich.
ARSÈNE LUPINESCU Miss Dolly. Also, es ist manches seltsam. Sie bringen die Brille, die Doktor Hudson eben unter merkwürdigen Umständen abhanden gekommen ist. In Ihrer Küche findet Doktor Hudson blutverschmierte Handschuhe, und Herr Maigré diese Schürze. Sie sind in der Küche gewesen, aber Sie haben nichts vom Mord von Shylock Hoames gehört. Während dem Mord an Jerry Corton sind Sie nicht im Zimmer gewesen, sagen Sie. Aber Maigré beschwört das Gegenteil. Und jetzt zeigt es sich, daß Sie ein großes Interesse am Tod von Shylock Hoames haben können, denn was Sie da erben, es ist ein Vermögen wert. Was haben Sie jetzt dazu zu sagen?
MISS DOLLY Nichts. *Pause.* Doch, etwas. Wenn das so wäre, ich hätte das Testament bestimmt nicht verschwinden lassen. Ich hätte es gefunden.

Jane tritt auf. Sie hat ihr weißes Nachthemd an. Sie hat kleine verschlafene Augen. In der Hand hält sie das Testament.

JANE Arsène. Wo bleibst du denn so lange? *Pause.* Oh. Ihr seid alle hier?
ARSÈNE LUPINESCU Hast *du* das Licht repariert?
JANE Ich? Welches Licht?
PAUL MAIGRÉ Was haben Sie da in der Hand?
JANE Ich weiß nicht. Es hat draußen am Boden gelegen.
DR. HUDSON Das Testament!
ALLE Was?!
DR. HUDSON Ich habs doch selber geschrieben. Hier, meine Schrift. Da, die Unterschrift von Shylock Hoames. Aber ... nein ... nein.
ALLE Was?
DR. HUDSON Das ist ein anderer Text.
PAUL MAIGRÉ Ein anderer Text?
ARSÈNE LUPINESCU *Was* ist anders?
DR. HUDSON Ich ... O Gott. Die Geige.
HERO WOOLFE Was ist mit der Geige?

Im Hintergrund hört man jetzt die Geigenmelodie. Kratzig. Alle lauschen einen Augenblick verblüfft. Die eine Stelle, die Shylock Hoames schon immer mißlungen ist, mißlingt ihm auch jetzt. Davon abgesehen, könnte auch Miss Mupple so schlecht spielen.

DR. HUDSON Da. Die Geige. Ich, ich erbe gar nichts. Die Geige ... die Geige ist jetzt für Miss Mupple.
ALLE Für Miss Mupple?!
DR. HUDSON Für Miss Mupple. *Pause.* Ist dies all meiner Liebe Lohn?

Die Geige näher. Eine Gestalt steht direkt hinter der Tür. Ihre Silhouette ist durch das Milchglas zu sehen.

Vorhang.

Pause

DRITTER AKT

Wenn der Vorhang hochgeht, sitzen oder stehen alle Schauspieler in derselben Position wie zu Ende des zweiten Akts. Die Tür öffnet sich. Shylock Hoames tritt auf. Er spielt Geige. Er trägt ein weißes Nachthemd.

ALLE Ohh!
DR. HUDSON Shylock Hoames! Sie?!

Shylock Hoames setzt die Geige ab.

SHYLOCK HOAMES Ja. Ich.
PAUL MAIGRÉ Ja ... aber wer ist denn der Tote da drin?!
ALLE Ja ... wer?
SHYLOCK HOAMES Sehen Sie doch einmal nach, Hudson.
DR. HUDSON Ja, Sir. Sofort, Sir.

Alle beobachten Dr. Hudson, wie er den Uhrkasten öffnet. Die »Leiche« Jerry Cortons, in Shylock Hoames Kleidern, plumpst — jetzt für jeden erkennbar — hinaus.

ALLE Ohh!
DR. HUDSON Das ist Jerry Corton! In Ihren Kleidern! Oh ...
SHYLOCK HOAMES In einem britischen Tweed, lieber Hudson, kann auch ein ausländischer Toter stecken.
ARSÈNE LUPINESCU Ich verstehe es trotzdem nicht. Erst sind Sie lebendig, dann sind Sie tot, und jetzt sind Sie wieder lebendig.
SHYLOCK HOAMES Ja ... Sie haben alle zu sehr Ihren Augen vertraut. Eine Hose von Shylock Hoames, ein Jackett von Shylock Hoames, und schon *ist* für

Sie der, der daliegt mit seinem Messer im Rücken, Shylock Hoames. Es ist aber Jerry Corton gewesen. Ich mußte euch ein bißchen hinters Licht führen.

DR. HUDSON Aber ... Sie müssen doch einen Grund haben ... Warum denn?

SHYLOCK HOAMES Jerry Corton ist ermordet worden, vor unsern Augen, von einem von uns. Die Mordwaffe ist ein Messer, das zu Beginn des Abends noch da an der Wand gehangen hat, ein Dolch, dessen Gift sekundenschnell wirkt. Ja?

ALLE Ja.

SHYLOCK HOAMES Der Mörder ... oder die Mörderin ... muß also gewußt haben, daß der Krummdolch etwas anderes ist als ein gewöhnliches Steckmesser.

DR. HUDSON Wir haben doch alle gewußt, daß die Dolchspitze Curare enthält ...

ALLE Ja ...

SHYLOCK HOAMES Nein. Miss Jane hat es sicher nicht gewußt.

JANE Oh. Nein.

SHYLOCK HOAMES Ich habe mir zuerst natürlich auch überlegt, wer nur kann das getan haben? Sie ...

PAUL MAIGRÉ Oh ...

SHYLOCK HOAMES Sie ...

DR. HUDSON Oh ...

SHYLOCK HOAMES Oder Sie?

ARSÈNE LUPINESCU Oh ...

SHYLOCK HOAMES Wer kann etwas gegen Jerry Corton haben ... wir haben ihn doch überhaupt nicht gekannt.

ALLE Ja ...

SHYLOCK HOAMES Dann habt ihr gemeinsam das Haus durchsucht. Dabei sind einige Gegenstände zum Vorschein gekommen. Zuerst die blutverschmierten Handschuhe in der Küche.

ALLE Ja ...

SHYLOCK HOAMES Es sind Arsène Lupinescus Handschuhe gewesen, die eben noch hinten in der Garderobe gelegen hatten. Dann die Pistolen, in meinem Schlafzimmer. Schließlich, in Hero Woolfes Mantel, draußen, die Brieftasche Jerry Cortons. Ja?

ALLE Ja.

SHYLOCK HOAMES Was fällt Ihnen dabei auf, Maigré?

PAUL MAIGRÉ *verlegen* Es ... sieht so aus, als hätte jemand seine Spuren beseitigen wollen, und die Mordbeute.

SHYLOCK HOAMES Im Gegenteil. Die Handschuhe, die Pistolen, die Brieftasche und dann auch die Schürze sollten nicht versteckt, sondern *gefunden* werden.

ALLE Ohh.

ARSÈNE LUPINESCU Damit der Verdacht auf einen Unschuldigen fällt?

SHYLOCK HOAMES *lobend* Sehr gut! *Pause.* Es ist auch klar, daß diese Gegenstände von einer Person versteckt worden sind: vom Mörder Jerry Cortons. Alles andere wäre sinnlos. Ja?

ALLE Ja.

SHYLOCK HOAMES Folglich ... Folglich ... eh ... Ich habe mir die Möglichkeiten vor Augen geführt, die jeder von Ihnen hatte: 1. unbemerkt Jerry Corton die Pistolen und die Brieftasche wegzunehmen, 2. unbemerkt Arsène Lupinescus Handschuhe aus dem Zylinder draußen zu holen und sie mit Jerry Cortons Blut in Berührung zu bringen, 3. hinten, unbeobachtet, die Brieftasche in Hero Woolfes Mantel zu tun, 4. dann in mein Schlafzimmer zu gehen und die Pistolen dort in die Nachttischschublade zu legen, und schließlich 5. die Handschuhe — und übrigens auch die Schürze, nur ist die erst später gefunden worden — in der Küche zu verstecken. Nicht jeder von uns konnte das tun. Nicht jeder ... kaum einer ... eigentlich. Zum Beispiel sind ein paar von uns überhaupt nicht in der Küche gewesen.

ALLE Ohh. Ja.

SHYLOCK HOAMES Wenn ich mir das recht überlege, so kann das eigentlich nur ein einziger getan haben — *bedeutungsvoll* — oder eine einzige ...

ALLE Ohh!

DR. HUDSON Oh ... und weshalb, Sir?

SHYLOCK HOAMES Richtig, Hudson, richtig. Genau das habe ich mich auch gefragt. Weshalb hat ... er ... das getan? Das paßt alles irgendwie nicht zusammen. Dieser Jemand, den ich für den Mörder Jerry Cortons halte ... hat eigentlich überhaupt kein Motiv, Jerry Corton umzubringen. Aber, wenn ich mir das so überlege, er hat ... durchaus ein Motiv, mich umzubringen.

ALLE Ohh.

PAUL MAIGRÉ Das Testament? Die Erbschaft?

SHYLOCK HOAMES Ah! Das Testament!

HERO WOOLFE Was ist denn nun geschehen?

SHYLOCK HOAMES Der Mörder hat schon vor dem Eintreffen Jerry Cortons und Janes die Absicht gehabt, mich umzubringen. Dieser Tag ist für ihn günstig wie kein anderer. Alle sind heute da. Der Verdacht teilt sich auf. Und keiner von euch wird die Polizei holen.

ARSÈNE LUPINESCU Also ich bestimmt nicht.

HERO WOOLFE Das hätte auch gerade noch gefehlt.

PAUL MAIGRÉ Ha!

SHYLOCK HOAMES Plötzlich aber, und für alle unerwartet, erscheinen Jerry Corton und Jane. Sie sind für den, den ich meine, natürlich ein Geschenk des Himmels.

PAUL MAIGRÉ *versteht gar nichts* Natürlich.

HERO WOOLFE *versteht auch nichts* Klar ... völlig klar.

ARSÈNE LUPINESCU *versteht ebenso wenig* Selbstverständlich.

SHYLOCK HOAMES Na also. Der Mörder beschließt sogleich, zuerst Jerry Corton umzubringen.

PAUL MAIGRÉ *wie oben* Ein guter Plan!

HERO WOOLFE *wie oben* Völlig logisch.

ARSÈNE LUPINESCU *wie oben* Etwas anderes konnte er gar nicht machen!

Pause.

JANE *zu Arsène Lupinescu* Warum, Arsène?

ARSÈNE LUPINESCU *verlegen* Ehh ... Hero Woolfe erklärt es dir ...

JANE *zu Hero Woolfe* Warum?

HERO WOOLFE Fragen Sie lieber Maigré ...

JANE Warum?

PAUL MAIGRÉ *auf sein Hörrohr weisend* Ich ... ich verstehe Sie nicht recht.

SHYLOCK HOAMES Ich will es Ihnen sagen, Miss Jane. Jerry Cortons Tod lenkt alle auf eine falsche Spur. Ich, Shylock Hoames, aber werde, so denkt der Mörder ... mit Recht ... als erster die Wahrheit ahnen ... wissen ... ich werde Andeutungen machen, ich werde Geige spielen ... Wenn er mich *jetzt* umbringt, sieht es so aus, als wollte der Mörder Jerry Cortons nur seine Spuren verwischen. Dabei ist es umgekehrt. Die Leiche Jerry Cortons sollte das eigentliche Opfer verbergen: mich.

ALLE Oh!

DR. HUDSON Aber ... Sie sind ja gar nicht tot.

SHYLOCK HOAMES Ich bin meinem Mörder zuvorgekommen, Hudson. Ich habe Jerry Corton als Shylock Hoames verkleidet. Jerry Cortons Mörder konnte das nicht begreifen. Für ihn mußte es jetzt noch einen zweiten Mörder geben.

ARSÈNE LUPINESCU Teuflisch!

HERO WOOLFE Sehr stark!
PAUL MAIGRÉ Exzellent!
DR. HUDSON *nachdenklich* Ah ... deshalb ...
SHYLOCK HOAMES Übrigens hat mir Hero Woolfe geholfen ...
ALLE Ahh?
SHYLOCK HOAMES Er hat das Tuch über den falschen Shylock Hoames gelegt, er hat ihn im Uhrkasten verstaut ... ich habe ihm zu danken.
ALLE *außer Hero Woolfe* Ohh ... bravo ...
HERO WOOLFE *steht auf, macht eine Verbeugung, lehnt den Applaus bescheiden ab* Oh ... nicht der Rede wert. Ein Freundschaftsdienst.
PAUL MAIGRÉ Sie ... Sie können stehen?
HERO WOOLFE *selber überrascht* Ja ... schon ... Nur, ich habe es seit Jahrzehnten nicht mehr getan ... ich sitze lieber. *Setzt sich.*
DR. HUDSON Er kann stehen?
PAUL MAIGRÉ Dann ... dann kann er auch gehen!
SHYLOCK HOAMES Ich aber habe gewartet, bis der Mörder Jerry Cortons die Nerven verliert. Ich habe euch beobachtet.
DR. HUDSON Aber ... medizinisch gesehen ... Jerry Corton ist tot umgestürzt. Neben ihm haben Jane und Arsène Lupinescu gestanden. Verzeihen Sie ... wer sonst kann denn der Mörder gewesen sein?
ARSÈNE LUPINESCU Also ... bitte!
JANE Oh!
SHYLOCK HOAMES Jerry Corton ist, auf seinem Stuhl sitzend, wohl erst nach zwei, drei Sekunden umgekippt. Der Mörder hat Zeit gehabt, einige Schritte zur Seite zu tun.
PAUL MAIGRÉ Ich verstehe jetzt: Sie haben das Licht ausgedreht.
SHYLOCK HOAMES Ja. Übrigens bin ich dabei beinah Miss Mupple in die Arme gelaufen. Ich war gerade dabei, die Sicherungen herauszuschrauben.

PAUL MAIGRÉ Und warum?

SHYLOCK HOAMES Ich wollte, daß jeder allein in sein Zimmer geht ... und sehen, was dann geschieht.

ALLE Ahh.

SHYLOCK HOAMES *zu Maigré* Was haben Sie eigentlich in der Küche gesucht, mitten in der Nacht?

PAUL MAIGRÉ Ich ... ich habe nach Spuren gesucht ... denn der Verbrecher kehrt immer zum Ort seiner Untat zurück ... ich habe einen Verdacht.

SHYLOCK HOAMES Ah? *Zu Arsène Lupinescu.* Und was haben Sie in meinem Zimmer gewollt?

ARSÈNE LUPINESCU Ach ... eine so einmalige Gelegenheit, ein bißchen herumzuschleichen ... Ich habe auch einen Verdacht.

SHYLOCK HOAMES Ah? Nämlich?

ARSÈNE LUPINESCU Öh ... Maigré.

PAUL MAIGRÉ Was?! Ich denke, *Sie* sind es gewesen?!

ARSÈNE LUPINESCU *erregt* Ich kann es schon deshalb nicht gewesen sein, mein Herr, weil ich ein Gentlemandieb bin und kein Mörder. Das ist bekannt, mein Herr. Das steht in den Büchern. Und ich hinterlasse am Ort meiner Verbrechen immer meine Visitenkarte.

DR. HUDSON *erregt* Das stimmt. Es war keine Visitenkarte auf Jerry Corton. Ich als Arzt, ich sehe das so. Curare, das ist Gift. Gift, das bedeutet Leidenschaft. Ein Verbrechen aus Leidenschaft. Jemand von uns hat Jerry Corton geliebt, mit der ganzen Kraft und Leidenschaft und Innigkeit und Wärme, zu der ein menschliches Herz fähig ist. *Schaut Miss Dolly an.* ... Ich will keine Namen nennen ...

MISS DOLLY Erlauben Sie!

HERO WOOLFE Die eigentliche Frage ist: Was hat Jerry Corton hier gewollt? Heute. Meine Antwort ist: Er hat uns alle umbringen wollen, alle. Ein Verrückter. Ein Wahnsinniger.

PAUL MAIGRÉ Langsam, Woolfe, langsam. Detektiv

sein heißt analysieren können. Ich sage: Der Mörder hat Handschuhe getragen. Folglich: Er hat Handschuhe mitgebracht. Welche hier anwesende Person, frage ich, hat Handschuhe mitgebracht?!

ARSÈNE LUPINESCU Ich, mein Herr! Und wer hat sie getragen: Sie! Jawohl!

Pause. Alle sind erregt.

SHYLOCK HOAMES *sehr ruhig* Doktor Hudson, was haben Sie denn mit meinem Testament vorgehabt?

DR. HUDSON Nichts ... ich konnte nicht schlafen, Sir. Ich habe mir die Beine vertreten, Sir.

SHYLOCK HOAMES Sie lügen.

DR. HUDSON Ja, Sir. Ich lüge, Sir. Gnade, Sir.

SHYLOCK HOAMES Also?

DR. HUDSON Ich wollte ... das Testament ... der Zusatz, für Miss Bloomfield. Ich wollte ihn wegschneiden. Ich dachte, es weiß ja niemand, daß Miss Bloomfield auch noch etwas erben soll. Die Versuchung, Sir.

SHYLOCK HOAMES Ja. *Zu Miss Dolly.* Miss Dolly, warum lügen Sie?

MISS DOLLY Ich?

SHYLOCK HOAMES Warum ist der Tee nicht heiß gewesen?

MISS DOLLY Oh ... weil ... ich ...

SHYLOCK HOAMES Ich will es Ihnen sagen. Sie haben das Wasser direkt aus der Leitung nehmen müssen, weil Sie keine Zeit gehabt haben, es heiß zu machen. Sie sind nämlich im Zimmer gewesen, während dem Mord an Jerry Corton. Neben ihm.

ALLE Ohh.

DR. HUDSON Ich ... ich habe es mir immer gedacht. *Zu Miss Dolly.* Sie Mörderin, Sie! Erbschleicherin!

MISS DOLLY Aber ... Doktor Hudson ...

SHYLOCK HOAMES Andere erben auch etwas, Doktor Hudson.

DR. HUDSON Ich nicht. Ich erbe nichts. Ich habe keine Interessen. Im Testament steht es, da, hier. Lupinescu das goldene Messer, Woolfe die Vase, Maigré das Bild, Miss Mupple die Geige, Miss Dolly das Haus.

SHYLOCK HOAMES Miss Dolly hat niemanden umgebracht, Doktor Hudson. Aber sie hat den Mörder gesehen. Sie hat Angst bekommen und wollte sich aus allem heraushalten. *Zu Miss Dolly.* Stimmts?

MISS DOLLY Ich glaube, ich habe es gesehen ... ich bin nicht sicher ...

DR. HUDSON Eben ... Sehen Sie ... *Zu Shylock Hoames.* Und wann haben Sie diese Änderung im Text des Testamentes geschrieben, Sir?

SHYLOCK HOAMES Sie haben mir das Testament doch selber gegeben, und die Brille.

DR. HUDSON Oh. *Sie* sind das gewesen. Aber, warum haben Sie mir die Geige nicht gelassen? Warum Miss Mupple?

SHYLOCK HOAMES Weil Miss Mupple ... *Leise.* Passen Sie auf. Achten Sie auf jedes meiner Worte. *Pathetisch.* Ich werde einen Mörder überführen!

Miss Mupple tritt von hinten auf. Sie trägt ein weißes Nachthemd. Sie geht langsam, wie eine Schlafwandlerin, ohne sich um die Anwesenden zu kümmern. Sie hat leere Flaschen in der Hand und unterm Arm. Sie ist betrunken. Sie stellt die Flaschen hin und holt still eine neue Flasche aus dem Geheimfach hinterm Bild. Alle andern schauen, wie lauernde Krokodile. Miss Mupple ist schon fast wieder durch die hintere Tür, als Shylock Hoames sie anspricht.

SHYLOCK HOAMES Miss Mupple! *Miss Mupple bleibt*

stehen. Gehe ich fehl in der Annahme, daß Sie dem Alkohol zugesprochen haben?

MISS MUPPLE Wem sonst? Ich habe Durst. *Sie sieht Shylock Hoames erst jetzt bewußt.* Sie ... Sie halten sich da besser raus. Sie sind ja tot.

SHYLOCK HOAMES Ich lebe wieder.

MISS MUPPLE Das kann jeder sagen.

SHYLOCK HOAMES Da. Fassen Sie mich an.

MISS MUPPLE Pfui. Sie Kadaver, Sie. *Sie sieht die Geige.* Die Geige. Meine Geige. Da ist sie ja wieder.

ALLE *als hätte Miss Mupple sich damit verraten* Ohh ...

SHYLOCK HOAMES Das ist meine Geige, vorläufig noch.

MISS MUPPLE Ah? *Zu Shylock Hoames.* Übrigens, Jerry Corton ist verschwunden. Er ist nicht mehr in der Truhe da draußen.

SHYLOCK HOAMES Das versuche ich Ihnen die ganze Zeit zu erklären.

MISS MUPPLE Eben. Ich habe überall nachgesehen, in der Speisekammer, im Keller, überall. Keine Spur.

SHYLOCK HOAMES Da ist er.

MISS MUPPLE *sieht Jerry Corton erst jetzt* Tatsächlich. *Pause. Zu Shylock Hoames.* Er hat Ihre Kleider an.

SHYLOCK HOAMES Das versuche ich Ihnen auch die ganze Zeit zu erklären.

MISS MUPPLE Eben.

Pause.

DR. HUDSON *macht einen Versuch, Miss Mupple zu überführen* Miss Mupple. Ist es richtig, daß Sie nach dem Mord an Jerry Corton, als wir das Haus durchsuchten, ganz allein hinten waren und ... *Er flüstert, analog der Szene im ersten Akt, in Miss Mupples Ohr.*

MISS MUPPLE Oh. Ja.

SHYLOCK HOAMES Aha!
DR. HUDSON Danach sind Sie in die Küche gegangen?
MISS MUPPLE Ja.
DR. HUDSON Kann man sagen, daß Sie trinken?
SHYLOCK HOAMES Kann man das?!
MISS MUPPLE Das kann man.
DR. HUDSON Sie würden alles tun für einen Alkohol?
SHYLOCK HOAMES Alles?!
MISS MUPPLE Alles.
DR. HUDSON Sie erben die Geige?
SHYLOCK HOAMES Ja?!
MISS MUPPLE Ja.
DR. HUDSON *wie ein Staatsanwalt* Sie haben Shylock Hoames umgebracht!

Pause.

MISS MUPPLE Ja? Wirklich?
DR. HUDSON *verwirrt* Ich meine ... nein ... Sie haben Jerry Corton umgebracht.
MISS MUPPLE *völlig entspannt* Aber nein. Überlegen Sie doch einmal in aller Ruhe, Doktor Hudson. Das ist doch gar nicht möglich. Ich habe doch nichts gegen Jerry Corton und noch weniger etwas gegen Shylock Hoames. Ich habe doch meine eigenen Erfolge. Früher habe ich gestrickt, wenn ich einen Fall löste, jetzt trinke ich. Das ist doch ein Fortschritt. Ich habe auch nichts von dem Testament gewußt, und ich hätte ja auch nichts geerbt. Ich bin auch nicht im Schlafzimmer gewesen, um die Pistolen zu verstecken. Ich wüßte nicht einmal, wo ich hinstechen müßte mit so einem Messer. Ich bin doch kein Mediziner. Ich habe Jerry Corton nicht umgebracht. Das können doch nur Sie gewesen sein, lieber Doktor Hudson.
ALLE Ohh.

DR. HUDSON *zu den andern* Sie ... Sie ist betrunken!

MISS MUPPLE *definitiv* Ja. Aber ich sage die Wahrheit. Sie haben Jerry Corton getötet, und Sie wollten Shylock Hoames töten.

DR. HUDSON *gibt auf* Ja, Madam. Natürlich, Madam.

SHYLOCK HOAMES *verblüfft* Sie, Hudson? Sie?!

PAUL MAIGRÉ Ich habe es ja immer gesagt!

MISS DOLLY Ich hatte gehofft, mich zu irren, Doktor Hudson.

HERO WOOLFE Das war doch offenkundig ... Er allein versteht etwas von Giften und von Messern ...

ARSÈNE LUPINESCU Ich habe gleich gesagt, alle Indizien weisen klar darauf hin, daß es Doktor Hudson ist. Nicht wahr, Jane.

JANE Ja, Arsène.

Pause.

MISS MUPPLE *liebevoll* Aber, Hudson, warum haben Sie das getan?

DR. HUDSON *stockend* Ich ... nie gelingt mir etwas ... ich habe es nicht mehr ausgehalten ... immer nur Shylock Hoames, Shylock Hoames, Shylock Hoames. Und ich?! Nicht einmal umbringen kann ich ihn. *Pause.* Er, er kennt sich aus in der Welt. Er kennt jedes Haus in Soho, im West End, im East End.

MISS MUPPLE Ja ...

DR. HUDSON Er kennt die Opiumhöllen und die Geheimgänge unter dem Piccadilly Circus, die Vornamen der Polizeibeamten und der Mädchen in den Bars und Spelunken, die Code-Wörter für die Geheimklubs, die Gifte und die Gegengifte, aber ich ...

MISS MUPPLE Ja ...

DR. HUDSON Er bekommt die Dankesschreiben mit

dem Lippenstiftmund darauf, er kann im Nebel schleichen und über Mauern klettern und Butler bestechen und mit Ministern plaudern und Mädchen aus den Flammen retten. Er hat die perfekten Masken, und er erkennt die gefährlichen Gegenspieler an dem gewissen Etwas, das durch keine Maske zu verbergen ist. Ihn rufen die Maharadschas, Emirs und Scheichs zu Hilfe, wenn einer ihrer Smaragde aus einer ihrer Kronen verschwunden ist. Ach, nie bin ich aus diesen Straßen, in denen der feuchte Nebel liegt, herausgekommen. Dennoch will mir ein Leben nicht aus dem Sinn, in dem eine heiße Sonne in meinen Garten scheint.

MISS MUPPLE Ja, Hudson.

DR. HUDSON Ich möchte auch einmal, ich ... daß es an der Tür klingelt, bei mir, und da steht ein in Tränen aufgelöster Alleininhaber einer ... einer Großbank und sagt: »Helfen Sie mir, Doktor Hudson, ich bin verloren ohne Sie, Doktor Hudson.«

MISS MUPPLE Ja. Natürlich.

DR. HUDSON Ich gehe ja schon längst nicht mehr in mein Ordinationszimmer. Ich wische mein messingnes Arztschild an der Tür schon gar nicht mehr ab. Meine Praxishilfe schaut schon gar nicht mehr nach, ob jemand im Wartezimmer hustet, das heißt, ich habe meine Praxishilfe schon längst entlassen. Am Morgen, wenn ich mit den verbissenen Kiefern im Bett liege, habe ich ein Gefühl in mir wie ein nasser Frosch.

MISS MUPPLE Ja.

ALLE *außer Shylock Hoames* Ja ...

DR. HUDSON Ich gehe, nach dem Morgenschinken und dem Morgenei, in den Hydepark, ich stelle mich auf einen Stuhl. Ich spreche zu den Leuten um mich herum über wie es ist, wenn man alt ist. Ich sage, Leute, das Alter ist das Abendrot des Daseins, schaut mich an. Ach. Die Leute, die um mich herum sind, sind begeistert. Sie wollen alle sofort alt werden.

MISS MUPPLE Ja. Natürlich ...

ALLE *außer Shylock Hoames* Ja ...

DR. HUDSON Ich lasse meinen Hut herumgehen. Von den zweiunddreißig Shillingen, die darin sind, kaufe ich mir eine Flasche Portwein. Ich sitze dann auf dem Stuhl, auf dem ich gestanden habe, und ich lese in den Abenteuern von ihm und mir, ein bißchen.

ALLE *außer Shylock Hoames* Ja ...

DR. HUDSON Ich, ich bin immer überall dabeigewesen, ich habe ihn auf die spiegelglatten Küchenböden hingewiesen und auf die verdächtigen Kühlschränke; aber wenn das Verbrechen dann aufgeklärt ist, schütteln alle immer nur ihm die Hand ...

ALLE *außer Shylock Hoames* Ja ...

DR. HUDSON Wenn dann endlich der gefährliche Gegner erledigt ist, darf nie ich die Kühlschranktür öffnen und das blutjunge Mädchen auftauen. Das macht er dann. Ich darf, bei der Pressekonferenz, ihm und den Reportern die Getränke einschenken.

ALLE *außer Shylock Hoames* Ja ...

DR. HUDSON Ich kann nicht einmal durch die Finger pfeifen.

MISS MUPPLE Das macht der Neid.

DR. HUDSON Ja. Der Neid macht das.

Miss Mupple trinkt einen heftigen Schluck. Doktor Hudson auch.

DR. HUDSON *langsam aggressiver werdend* Hrr ... ich würde gern einmal, wenn der hilfeflehende Alleininhaber der Großbank unter der Tür steht, sagen: »Nein, Shylock Hoames ist nicht da, aber kann ich Ihnen behilflich sein?« Ahh. Ich würde dem Alleininhaber und Shylock Hoames zeigen, was in mir steckt. Ich würde mich, wie er, in den Schaukelstuhl setzen, ich würde die Pfeife anzünden, ahh, und denken. Ich würde lange denken, und den Alleininhaber, falls er mich durch ein vorsichtiges Räuspern stören würde, würde ich anherrschen. »Entweder oder, Herr Alleininhaber«, würde ich sagen, »entweder ich mache das wie ich das immer mache, nicht wahr, oder Sie helfen sich allein aus Ihrem Dreck.« Ha! Das wäre etwas, wenn er abends nach Hause käme und ich säße da, im Schaukelstuhl, und ich hätte den Fall längst gelöst. Ha! Völlig entspannt würde ich zu ihm sagen: »Übrigens, ich habe den Fall mit dem Alleininhaber der Großbank gelöst, und das hier ist der Diamantring, den mir der dankbare Millionär geschenkt hat.« Shylock Hoames würde Augen machen, zum erstenmal in seinem Leben ...

ALLE *außer Shylock Hoames* Ja ...

DR. HUDSON Er würde es nicht glauben. Er sähe mich an. Er lächelte mit seinen dünnlippigen Lippen. Ha! Er bebte mit seinen Nasenflügeln. Er flatterte mit seinen Armen. Er zöge sicher den Degen, und ich zöge endlich meinen. *Dr. Hudson zieht seinen Stockdegen. Er scheint Shylock Hoames bedrohen zu wollen. Dieser weicht langsam zurück. Noch weiß er nicht so recht, wie ernst das alles eigentlich ist.* Ich wäre natürlich völlig gelassen. Ha. Ich würde es ihm zeigen. Hrrr. Er wäre ein Mann des Todes, das wäre er. Oh! Ich machte einen Ausfall. *Er macht einen Ausfall.*

ALLE *erschrocken* Ohh.

SHYLOCK HOAMES Doktor Hudson. Ganz ruhig. Keine Panik.

DR. HUDSON *tut in der Folge das, wovon er spricht.* Ich sähe an der schweißüberströmten Stirn Shylock Hoames', daß er dächte, er muß sein Leben so teuer wie möglich verkaufen, aber verkaufen muß er es. Shylock Hoames kann den Parierschlag ein bißchen, und den Stechstich. Ich aber kann den Parierstich ...

ALLE *erschrocken* Ohh.
DR. HUDSON ... den Stechstich ...
ALLE Ohh.
DR. HUDSON ... den Spreizstich ...
ALLE Ohh.
DR. HUDSON ... den Donnerschlag ...
ALLE Ohh.
DR. HUDSON ... den Rundschwung, den Spalthieb, den Sturmstoß, den Rückwärtszieher, den großen Zisch, den kleinen Zisch, den Todesstoß. Hrrr.

Shylock Hoames hat auch seinen Degen aus dem Stock gezogen, aber er weiß ihn, im Vergleich zum aggressiven Dr. Hudson, kaum zu gebrauchen.

SHYLOCK HOAMES *zurückweichend* Hilfe. Er ist verrückt geworden. Helft mir. Helft mir doch.

Arsène Lupinescu, Maigré und, in seinem Rollstuhl, Hero Woolfe ziehen die Degen aus den Stöcken. Sie schleichen vorsichtig hinter Dr. Hudson drein.

ARSÈNE LUPINESCU Nur keine Angst, Shylock ...
PAUL MAIGRÉ Wir kommen. Wir sind schon da ...
HERO WOOLFE Halten Sie ihn in Schach!

Die Gruppe im Kreis herum. Die drei immer in gehörigem, risikolosem Abstand. Wenn sich Dr. Hudson umdreht, weichen sie in Panik zurück.

DR. HUDSON *zu Shylock Hoames* Ja ... Sie! Sie haben etwas gehabt und gemacht und getan, ein Leben lang! Sie haben den gräßlichen Gegner gehabt. Sie haben ihn vom eisglatten Dach seines Hauses auf die Straße hinuntergeworfen, mit seinem giftigen Krummdolch! Sie sind ein Held! Ich will auch ein Held sein! *Er hat die Degenspitze an Hoames' Hals.*

SHYLOCK HOAMES *fällt in die Knie* Nein, Hudson. Nicht, Hudson. Gnade, Hudson. Ich ... ich muß Ihnen etwas sagen.
DR. HUDSON So?
SHYLOCK HOAMES Mit Miss Dolly ... das Abenteuer ... das war ganz anders ...
DR. HUDSON So?
SHYLOCK HOAMES Ich ... ich habe sie nicht aus einem Kühlschrank befreit, der von ... von einer Schlange bewacht war ...
DR. HUDSON Nicht? Sondern?
SHYLOCK HOAMES Ich ... ich habe eine Anzeige aufgegeben ... in der »Times«.
DR. HUDSON *läßt den Degen sinken* In der »Times« ... eine Anzeige?
SHYLOCK HOAMES Ja ... ich brauchte eine Haushälterin ... und Miss Dolly ist so nett mit mir ... sie liest immer meine Abenteuer ... und Ihre Abenteuer, Doktor Hudson. Unsere Abenteuer.
DR. HUDSON Ah. Ja.

Alle trinken, außer Shylock Hoames, der kniet.

DR. HUDSON Sie ... Sie können aufstehen, Sir.
SHYLOCK HOAMES Danke, Hudson. Danke. *Er steht auf. Er trinkt auch.* Seit zwanzig Jahren ist keine Hoheit mehr zu mir gekommen, inkognito, und keine verzweifelte Witwe.
DR. HUDSON Zu mir auch nicht.

Dr. Hudson trinkt einen Schluck. Shylock Hoames ebenso.

SHYLOCK HOAMES Manchmal gehe ich mit der Gehtechnik von früher, ich belaste nur ein Bein und atme nur einmal pro Minute. Aber es geht nicht mehr.
DR. HUDSON Bei mir auch nicht.

Dr. Hudson und Shylock Hoames trinken. Doktor Hudson wird immer gerührter.

SHYLOCK HOAMES Manchmal, an den Samstagabenden, gehe ich in das Variété von Soho, mit dem Tanz danach, ich schaue den Zauberern zu, und dann, wenn die Musik von früher kommt, erhebe ich mich und fordere die Dame von früher auf, aber dann merke ich, daß ich ja noch meine Pantoffeln anhabe.
DR. HUDSON Ich auch.

Sie trinken.

SHYLOCK HOAMES Wenn ich plötzlich einmal so einen alten dicken Bobby mit einem Schnurrbart sehe, dann muß ich beinah weinen.
DR. HUDSON Ich auch beinah.

Sie trinken.

SHYLOCK HOAMES Manchmal gehe ich zum Pferderennen, in Maidenhead. Aber die Verbrecher von jetzt lüften nicht mehr höflich den Hut, wenn sie mich sehen. Sie haben alle ihre Smith and Wessons im Schulterhalfter und nicht mehr den Totschläger von früher.
DR. HUDSON *sehr gerührt* Ich auch nicht mehr.

Sie trinken.

SHYLOCK HOAMES Immer, wenn ich Geburtstag habe, erlaubt mir Miss Dolly, daß ich das Abenteuer vom Geheimnis des giftigen Krummdolchs erzählen darf. Es tut mir gut.
DR. HUDSON Mir auch. *Sehr gerührt.* Oh. Sir. Fast hätte ich Sie erstochen.

SHYLOCK HOAMES Ja. Was hätte ich getan ohne Sie?
DR. HUDSON *hingebungsvoll* Hier. Mein Degen. Stechen Sie zu, Sir. *Er gibt ihm seinen Degen. Er kniet nieder und bietet ihm, in Opferpose, die Brust dar.*
SHYLOCK HOAMES *mit dem Degen* Ich ... ich kann nicht ... ich will nicht, Hudson.
DR. HUDSON Bitte! *Er beugt den Kopf bis zur Erde. Sein Hintern ragt jetzt in die Höhe.*
SHYLOCK HOAMES Nein.
DR. HUDSON Bitte. Bitte.
SHYLOCK HOAMES Nein. Schluß jetzt. Stehn Sie auf, Hudson.
DR. HUDSON Danke, Sir. *Er steht auf.*

Pause.

ARSÈNE LUPINESCU Wir ... wir haben ja wirklich keine Abenteuer mehr ...
MISS MUPPLE Ja ... eigentlich schon ...
HERO WOOLFE Was würde ich geben, für einen ganz kleinen Fall.
PAUL MAIGRÉ Ach. Ja.

Dr. Hudson schenkt in der Folge den andern die Getränke ein, zuerst begeistert und teilnehmend, dann, je mehr er bemerkt, daß er gar nicht einbezogen wird, langsamer, dann gar nicht mehr. Er setzt sich, allein. Er trinkt für sich, hört gar nicht mehr hin ...

SHYLOCK HOAMES Ja. Wir ... wir sollten uns neue Mäntel und Hüte und Jacken kaufen, wir sollten uns die Schnurrbärte wegrasieren und autofahren lernen.
ALLE Ja ...
DR. HUDSON Ja ...
SHYLOCK HOAMES Wir müßten auch so Pistolen haben ...
ALLE Ja ...

DR. HUDSON Ja ...

SHYLOCK HOAMES Wir könnten vielleicht einmal zu Scotland Yard gehen und fragen, ob wir mithelfen dürfen, bei einem kleinen Fall.

ALLE Ohh. Ja.

DR. HUDSON Ja ...

Shylock Hoames ahmt mehr und mehr die Posen Jerry Cortons nach. Er kommt mehr und mehr in Schwung, und bald ist er auch schon wieder ganz der Chef...

SHYLOCK HOAMES Ja. Ein Abenteuer, ein richtiges Abenteuer. Ja. Genau um 7 pi em rufe ich euch an, ich mache meine Durchsage, durch das Sprechgerät, mit den Codewörtern. Um 7 Uhr 03 pi em sitzen wir schon in unserem Einsatzwagen, ich steuere ihn wie der Teufel. Um 7 Uhr 11 pi em fahren wir vor dem Lokal in Soho vor, von dem wir wissen, es ist ein illegales Zentrum von internationalen Banknotenfälschern. Wir haben alle unauffällige Bürstenschnitte, und wir sind unheimlich gut ausgerüstet.

ALLE Ja ...

DR. HUDSON Ja ...

SHYLOCK HOAMES Wir gehen alle mit unserem unauffälligen Gang auf den Eingang des Lokals von Soho zu. Der bullige Kerl, der den Eingang bewacht, trägt eine kugelsichere Weste, das wissen wir. Ich trage den schlagfesten Hut. Du, Jane, trägst den langen weiten Rock, unter dem du, Arsène, einherschleichst mit deiner Maschinenpistole.

JANE Ja, Shylock.

ARSÈNE LUPINESCU Okay!

SHYLOCK HOAMES Du, Alice, lenkst den aufmerksamen Barkeeper mit deinen blauen Augen ab, und du, Dolly, ziehst mit deinem gewagten Ausschnitt alle Blicke aller Gäste auf dich.

MISS MUPPLE Klar, Shylock.

MISS DOLLY Toll.

SHYLOCK HOAMES Du, Hero, und du, Paul, ihr habt die Damenstrümpfe, Größe 5, über den Kopf mit den Bürstenschnitten gezogen.

HERO WOOLFE Oh. Ja.

PAUL MAIGRÉ Großartig.

Dr. Hudson sitzt jetzt traurig abseits. Trinkt er, für sich allein, aus der Flasche? Die Detektive indessen sind immer lebhafter. Sie stimmen allem zu, was Shylock Hoames sagt.

SHYLOCK HOAMES Wir handeln schnell, aber besonnen. Es ist ein Werk von Sekunden. Wer zu fliehen versucht, wird über den Haufen geschossen, natürlich. Ich schaue in die bleichen Gesichter, auf denen der Angstschweiß steht. Ich lache. Der Besitzer des illegalen Zentrums der illegalen Banknotenfälscher steht zitternd vor mir, er sagt, er ist gar kein Fälscher, sondern ein gewöhnlicher Gastwirt, aber ich bin jetzt auch nicht mehr so blöd, ich glaube das jetzt auch nicht mehr. Er macht eine unvorsichtige Bewegung, und ... und wir schießen ihm natürlich unsre Magazine in den Bauch. Die junge Dame, die uns auch hier aus dem Kühlschrank in die Arme stürzt, nehmen wir mit. Mit kreischenden Reifen steuere ich dann unseren Einsatzwagen durch die nächtlichen Straßen Londons. Zu Hause angekommen, haben wir 150 000 Pounds, 445 Shillings, 99 Crowns und 6 Pence. Jeder bekommt seinen Anteil und ist zufrieden mit seinem Anteil. Hero Woolfe bekommt 1000 Pounds, 40 Shillings, 20 Crowns und 2 Pence. Paul Maigré bekommt 500 Pounds, 30 Shillings, 10 Crowns und einen Penny. Arsène Lupinescu bekommt 300 Pounds, 20 Shillings, keine Crown und einen Penny. Miss Mupple bekommt 200 Pounds, 10 Shillings, keine Crown und keinen Penny. Miss

Dolly bekommt 100 Pounds, keinen Shilling, keine Crown und keinen Penny. Jane bekommt kein Pound, keinen Shilling, keine Crown und keinen Penny. *Pause.* Das wird ein richtiges Abenteuer sein.

Alle atmen ganz aufgeregt. Sie werden langsam ruhiger. Pause.

MISS MUPPLE *sieht Dr. Hudson* Und Dr. Hudson?
SHYLOCK HOAMES *der ihn vergessen hatte* Ja ... Doktor Hudson ...
DR. HUDSON *hochsehend, mit rotem Kopf — er glaubt, er sei gerufen worden* Ja, Sir?

Ein Moment Stille.

Vorhang.

Nachwort

Als Kind hatte ich, zusammen mit meiner Schwester Nora, siebzehn kleine Gummizwerge, in sechs verschiedenen Modellen. Sie waren Nachbildungen von sechs jener sieben Zwerge, die in Walt Disneys Film »Schneewittchen« auftreten. D.h., sechzehn von ihnen liegen immer noch in einer Schachtel im Estrich meiner Mutter, und der siebzehnte steht auf meinem Bücherbord, mit einer Gummihaut, die im Lauf seines Lebens bröckelig geworden ist. Er heißt Vigolette alt. Die andern Zwerge heißen: Dunkelblöe, Himmelblöe alt, Himmelblöe neu, Neu Himmelblöe, Bös alt, Bös neu, Neu Bös, Lochnas alt, Lochnas neu, Neu Lochnas, Vigolette neu, Neu Vigolette, Grünsepp, Rotsepp, Blausepp, Grausepp. Es würde zu weit führen, hier erklären zu wollen, warum die Zwerge so heißen wie sie heißen; Vigolette alt z.B. heißt so, weil er der älteste von den Vigoletten ist und ein violettes Wams trägt. Aber die Böse sind nicht bös, Grünsepp trägt ein gelbes Jöppchen und Blausepp ein rotes.

Es gibt Zwerge. Hier steht einer, vor meinen Augen. Vigolette alt hat eine merkwürdige Stimme. Er spricht durch die Nase, wie eine Mischung aus Jerry Lewis und Habermas. Ich schätze sein Urteil. Er ist einsam in Frankfurt, so weit weg von seinen Höhlen, Moosen, Bergwerken, Waldlichtungen, aber ich kann ihm auch nicht helfen. Er hat zum Glück sehr starke Nerven und Füße, mit den Füßen kann er, wenn er sie gegen ein Taschenbuch stemmt, dieses zum Einknicken bringen. Er steht da, unbewegt und stumm, aber nachts glaube ich ihn zu hören, wie er herumrandaliert und den Büchern Tritte gibt. Er sehnt sich nicht nach Schneewittchen, an das er eine diffuse Erinnerung hat. Gern aber täte er wieder einmal mit den andern Zwergen in der Einerkolonne von damals durch den Wald gehen, über den umgestürzten Baumstamm, durch die Brombeergebüsche, Lianen, Farne, Flechten, über die Bäche, bis zum Zwergenhaus, das ein tiefhängendes Dach, einen rau-

chenden Kamin, einen Holzherd und einen groben Holztisch mit Hockern drum herum hat.
Es muß mindestens sieben Gattungen Zwerge geben. Meine siebzehn gehören jedoch nur sechs verschiedenen Typen an: der erste hat eine Brille und hebt die geballte Faust, der zweite ist dick und lacht, der dritte verschränkt die Arme vor der Brust und schaut muffelig drein, der vierte stemmt die Arme in die Hüften, der fünfte hat keinen Bart und lächelt verschmitzt, der sechste hat ein blödes Gesicht und einen Bart bis zwischen die Beine. Das Rätsel, das mich jugendlang verfolgte, war: wo steckte der siebente, und wie sah er aus?
Am 18. Juli 1970 ging ich durch eine Straße von Rovinj, Jugoslawien, und plötzlich — im Sinne von plötzlich — sah ich in einem Schaufenster Zwerge stehen, alle wie meine, und mitten unter ihnen einen mir unbekannten: den siebenten. Ich kaufte alle sieben Zwerge. Der siebente sieht so aus: ein bißchen wie der zweite, nur, er hält die Hände so wie einer, der eben seine Hosentaschen umgedreht hat und andeuten will, daß er keinen Pfennig mehr drin hat. Er hat keinen Namen.
Ich spreche hier von meinen Zwergen, weil ich beim Schreiben meines Stücks merkte, daß ich mir das Bühnenbild nicht immer nur wie die Baker Street 222b, sondern manchmal auch wie ein Lebkuchenhaus mit Butzenscheiben vorstellte. Meine Detektive von heute sind meine Zwerge von gestern. Die isolierte Welt eines leisen Wahnsinns, in der die Detektive leben, gleicht dem leisen Wahnsinn der in sich geschlossenen Kinderwelt meiner Zwerge. Auch die Detektive leben in einer Art kurzgeschlossenem System, das ihnen Schutz vor den Bedrohungen einer als irritierend empfundenen Außenwelt gewährt. Die Detektive wissen zwar schon auch, daß es eine Außenwelt gibt, aber sie versuchen eher, diese nach ihrem Bilde zu formen als sie als Realität zu sehen, wie die Kinder, wie die Zwerge. Die

Zwergenwelt war für mich eine Bubenwelt ohne Hierarchie: siebzehn Brüder und ich, eine horizontal konstruierte Gesellschaft. Ich war Zwerg unter Zwergen, primus inter nanos.
Natürlich waren die Zwerge noch mehr als das. Jedenfalls sieht man an ihnen, wie zäh Kinderkonstellationen sein können, gewiß nicht nur beim Herstellen von ästhetischen Produkten. Ich weiß, daß das Detektivstück nicht die erste Arbeit ist, in der meine Kindergummizwerge heimlich mitwirken. Unter anderem spreche ich hier davon, um mich daran zu hindern, meinen Mythos in Zukunft noch weiter auszubeuten.

Ich bin ein keineswegs systematischer Leser von Kriminalromanen bzw. von Detektivgeschichten, auch von solchen, die in Fortsetzungsheften erschienen sind und erscheinen. Natürlich habe ich meine Vorlieben. Ich wollte u.a. ein Stück schreiben, in dem alle meine Lieblingsdetektive gemeinsam auftreten, in welchem aber auch die Zeit spürbar würde, die inzwischen, seit meiner ersten Bekanntschaft mit den großen Weltdetektiven, vergangen ist. Ich habe das Stück ja auch geschrieben, allerdings, *alle* Detektive treten nicht auf. Harry Dickson, der Gentlemandetektiv, der immer *Parbleu* sagt, nicht, auch Philip Marlowe nicht, den ich schon deshalb mag, weil er einer der wenigen unglücklichen Detektive ist. Ich habe auch auf Philo Vance verzichtet. Er ist ein scharfsinniger Amateur, ein Künstler. Er speist immer in einem *dressing-gown,* und ich weiß beim Lesen nie, ist das jetzt ein luxuriöses Kleidungsstück — ein Morgenmantel, nach Lavendel duftend — oder ein besonderer Raum, in dem ein Diener ihm, nach dem Frühstück, beim In-die-Kleider-Kommen behilflich sein wird.
Es treten auf: Sherlock Holmes, Dr. Watson, Maigret, Miss Marple, Nero Wolfe, sowie Arsène Lupin, der kein Detektiv ist, sondern im Gegenteil. Dazu Jerry

Cotton, kein Lieblingsdetektiv von mir, dazu eine Haushälterin namens Dolly, und Jane. Sherlock Holmes feiert gerade seinen achtzigsten Geburtstag. Aber sonst ist er noch ganz der alte, ja, alle Detektive sind noch ziemlich so, wie sie lebenslang gewesen sind — gealtert zwar, auch ein bißchen trauriger, aber alles in allem versuchen sie, ihr Schicksal, langsam aus der Zeit zu fallen, mit Haltung zu ertragen. Sherlock Holmes trägt seinen karierten Detektivanzug und seine Mütze, er raucht seine Pfeife, er spielt seine Geige. Natürlich kann er nicht mehr wie die Jungen über die Hecken hupfen. Er geht an einem Stock, der ein Stockdegen ist. Seine Erinnerungen sind die Abenteuer von damals. Aber hat er sie alle so erlebt? Jedenfalls, wenn die andern von den ihren reden, hört er oft nicht so recht zu — und wenn *er* redet, kann es sein, daß er die Zuhörer ein bißchen vergißt.
Dr. Watson ist Arzt, aber vor allem ist er der langjährige Freund und Begleiter von Sherlock Holmes. Er ist klein und dick, und wenn er sich aufregt, hat er einen hilflos roten Kopf. Er trägt eine Brille und einen Stock. Der Anblick von Frauen löst in ihm noch immer ein dumpfes Surren aus Angst und Sehnsucht aus. Er hat ein Leben im Schatten des großen Meisters zugebracht, den er, nicht ohne Grund, grenzenlos bewundert. Aber, wer weiß, vielleicht nagt doch der Neid irgendwo in ihm?
Miss Dolly sieht auf den ersten Blick wie eine Haushälterin aus, aber auf den zweiten? Sie ist etwa 35, sie ist stark geschminkt und hat einen Herzmund. Sie geht sehr geräuschlos.
Paul Maigret, der französiche Meisterdetektiv, zieht längst ein ruhiges Leben einem abenteuerlichen vor. Auch er geht an einem Stock, vor allem aber hat er ein großes Hörrohr, ohne das er nichts zu verstehen scheint. Meistens allerdings kaut er, wie auf einer Pfeife, darauf herum, weil sein Arzt ihm das Rauchen ver-

boten hat. Er sieht aus, als trüge er immer Pantoffeln. Daß just er *Inspecteur* am *Quai des Orfèvres* geworden ist, wirkt eher wie eine bizarre Laune der Natur. Maigret spricht zögernd, weil er, außer Französisch, keine Sprache so richtig beherrscht.
Miss Marple, die schon mehr Fälle gelöst hat als das Jahr Tage hat, ist ein Kumpel, allerdings ein sehr britischer. Sie trinkt alles, was ihr in die Hände kommt. Ihre Kleider sind zufällige Säcke. Daß sie überhaupt Geige spielen kann — wenn auch ähnlich schlecht wie Sherlock Holmes —, ist eigentlich überraschend.
Nero Wolfe ist der Altmeister aus New York. Er ist sehr korpulent und hat schon immer den Ruf gehabt, sich nur äußerst ungern aus den Räumen seines in der 35th Street gelegenen Hauses zu entfernen. Er sitzt in einem Rollstuhl, den er, trotz seiner Fülle und seines Alters, äußerst geschickt handhabt. In seinem Knopfloch steckt eine Orchidee, eine selbstgezüchtete. Er ist nach der letzten Mode gekleidet, nach *seiner* letzten Mode. Bei ihm weiß man wirklich nie, denkt er, wenn er zu denken scheint, an seinen letzten Fall oder an ein *Emincé de veau à la mode de Fritz,* sein Leibgericht.
Arsène Lupin, der weltberühmte Gentleman-Dieb, und Sherlock Holmes sind, da die Zeit manchen Graben zuschüttet, längst gute Freunde. Lupin trägt einen schwarzen, innen rot gefütterten Überwurf und einen Zylinder. Noch immer ist er sehr souverän, sehr galant, äußerst undurchschaubar. Man sagt, er sei Pole, aber weiß man Genaues? Er hinkt. Er *braucht* seinen Stock.
Jerry Cotton ist ein junger gesunder dynamischer Amerikaner. Er hat einen Bürstenschnitt und den Kopf immer oben. In den seltenen Augenblicken der Niedergeschlagenheit liest er in den Jerry-Cotton-Heften nach, wie gut er immer schon gewesen ist, und dann geht es gleich wieder besser.
Jane ist seine hübsche nette Freundin. Sie sieht aus wie

die hübsche nette Freundin eines jungen gesunden dynamischen Amerikaners.
Dann, als das Stück fertig war, kam ein Gedanke auf, der mir beim Schreiben nie gekommen war, nämlich, daß die Detektive, die für mich so etwas wie reale Personen sind, als Erfindungen ihrer Autoren auch deren Besitz sein könnten. Ich begann zu ahnen, daß es ein Urheberrecht gibt, und dieses schützt geistiges Eigentum. Niemand scheint sich allerdings in meinem konkreten Fall genau auszukennen. Es sieht so aus, als dürfte ich z.B. Mr. Nixon, als eine Person von öffentlichem Interesse, in einem Stück auftreten lassen, nicht aber Sherlock Holmes, der den Erben Conan Doyles gehören soll. Ich allerdings sehe zwischen Mr. Nixon und Sherlock Holmes nur einen qualitativen, keinen prinzipiellen Unterschied. Beide sind u.a. Personen, die mir durch die Medien vermittelt werden. Holmes, Maigret, Wolfe haben sich längst von ihren Schöpfern gelöst, sie gehören inzwischen dem gemeinabendländischen Mythenkreis an, vielleicht leben sie *wirklich* irgendwo. Sherlock Holmes bekommt, wie wir wissen, noch immer seine Briefe in die Baker Street 222b.
Es gibt den sogenannten Mickey-Mouse-Prozeß, der das Verwenden der Mickey Mouse in Kunstwerken verbietet. Es gibt allerdings auch einen Prozeß zwischen einer Filmgesellschaft und den Erben Conan Doyles um einen Film mit Heinz Rühmann, in dem dieser sich vorstellt, Sherlock Holmes zu sein. Diesen Prozeß hat die Filmgesellschaft gewonnen. Was also?
Ich schrieb, um meine Skrupel zu zerstreuen, an Georges Simenon, ermutigt auch dadurch, daß ich eben gelesen hatte, er habe genug von der Literatur und ziehe sich in Lausanne in eine Dachstube zurück. Ich legte ihm mein Problem vor. *Cher confrère*, antwortete mir M. Simenon, er müsse leider darauf bestehen, daß Maigret sein Eigentum sei. Darauf schrieb ich an Agatha Christie. *Dear Madam*, antwortete mir Mr. Edmund

Cork von Hughes Massie Limited, London, Agatha Christie habe ihm meinen Brief vom 11. Januar übergeben, und Miss Marple sei ihr, Agatha Christies, alleiniger Privatbesitz. Ich möchte in diesem Zusammenhang immerhin auf andere Stücke hinweisen, in denen Autoren die literarische Erfindung eines andern auf die Bühne bringen: Faust, Wilhelm Tell, Tristan, Amphitryon, Ödipus, Falstaff, Turandot.
In meinem Stück heißt Sherlock Holmes jetzt Shylock Hoames, Dr. Watson Dr. Hudson, Maigret Paul Maigré, Miss Marple Miss Mupple, Nero Wolfe Hero Woolfe, Arsène Lupin Arsène Lupinescu und Jerry Cotton Jerry Corton. Schließlich haben die Detektive in unzähligen Abenteuern zu ihren Butlern gesagt, James, bitte Maske Nr. 314, und schon waren sie für niemanden mehr zu erkennen.

Es ist nicht zu übersehen, daß die Detektive sich in den gut hundert Jahren Kriminalromangeschichte erheblich verändert haben: wie die Welt um sie herum. Wenn ich von Auguste Dupin in Poes »Murder in the Rue Morgue« absehe, ist, glaube ich, der erste große Detektiv der Literatur gleich auch schon *der* Detektiv überhaupt: Sherlock Holmes. Zu seiner Zeit hießen die Kriminalromane noch *detective stories*, sie waren wirkliche *stories*, keine Romane, ihre Nachfolger sind viel eher die Groschenhefte mit Nick Carter, Tom Shark, John Kling, Harry Dickson, Jim Strong und, heute, Jerry Cotton. Conan Doyles Sherlock Holmes selber hatte in Deutschland einen namensgleichen, sehr erfolgreichen Nachfolger: die Groschenheftserie »Sherlock Holmes, aus den Geheimakten des Welt-Detektivs«, Geschichten, die von irgendwem, sicher aber nicht von Conan Doyle verfaßt worden sind. Nick Carter, Harry Dickson, Sherlock Holmes, aber auch noch Philo Vance, Miss Marple, Hercule Poirot (und sogar, in einem gewissen Sinn, noch Nero Wolfe): das sind Detektive aus einer Welt, die heute wie ein Abziehbild des bürgerlichen 19. Jahrhunderts aussieht. Sie leben in der fiktiven Spielwelt einer intakten Gattung. Heute kommen sie uns wie die Erinnerung an eine Zeit vor, in der es noch Korsetts aus Fischbein gab. Sogar die Tode hatten in diesen unbeirrten bürgerlichen Phantasien etwas, was sie über den Alltag hinaushob: gemordet wurde mit vergifteten Briefen, Curare-Pfeilen, dressierten Schlangen, messerwerfenden Gnomen, versteckten Falltüren. Die Detektivgeschichten von früher waren eine feste, definierte Gattung mit sicheren Regeln. Der Detektiv klärte ein Unrecht auf, über dessen Unrechtscharakter kein Zweifel bestand, und alles hatte wieder seine Ordnung. Diese Sicherheit macht die Gattung ja immer noch so anziehend. Aber eine Gattung wie die Detektivgeschichte kann sich wohl nur in einer Gesellschaft entwickeln, die keine Zweifel an den eigenen Normen kennt. Die Autoren der Detektivgeschichten und ihre Leser waren sich einig, und auch die Verbrecher wußten immer, daß sie Verbrecher waren. Durchaus unfreiwillig dann, unter dem Druck neuer Realitäten, wandelte sich die gute alte Detektivgeschichte zum Kriminalroman, sie hatte, als sich die ahnungslose Selbstverständlichkeit der bürgerlichen Lebensregeln aufzulösen begann, gar keine Wahl mehr. Es ist im Gegenteil erstaunlich, wieviel der Kriminalroman bis heute von jener unschuldigen Naivität der Gattungsrituale bewahrt hat. Der Kriminalroman ist — auch wenn in ihm gemordet wird — alles in allem doch ein Stück heile Literaturwelt inmitten von Büchern geblieben, deren Welten inzwischen alle einigermaßen unheil geworden sind.

Dashiell Hammett und, in seinem Gefolge, Raymond Chandler brachten allerdings nicht nur ein paar neue Gewürze zu einem sonst feststehenden Rezept — ihnen war die Ideologie ihrer Gesellschaft selber suspekt geworden. Damit war es auch aus mit der fröhlichen Naivität den Gattungsspielregeln gegenüber, auch in der Literatur kann man nicht den Batzen und den Wekken haben. Philip Marlowe, Chandlers Detektiv, ist nicht mehr freiwillig einsam wie Sherlock Holmes. Er ist von seiner Gesellschaft in die Position des Außenseiters gedrängt worden. Er vertritt nicht mehr eine öffentliche Moral, sondern seine eigene, und diese ist eher gegen die öffentlich anerkannten Normen des Verhaltens gerichtet. Er zeigt, wenn er auch viele Kompromisse mit der Wirklichkeit eingeht, eine ebenso sehnsüchtige wie illusionslose Erinnerung an verschwundene Ideale — Gerechtigkeit, Menschlichkeit u.ä. Aber in seiner Welt, die der unsern auffallend gleicht, sind auch die Polizisten korrupt, sie sind die ausführenden Organe einer noch korrupteren Bande von honorigen Geschäftemachern. Sherlock Holmes ist immer ein erfolgreicher Detektiv, strahlend in seinem Glanz. Er ist identisch mit den Rechtsnormen seiner Zeit, sein Scotland Yard ist zwar dümmer als er, aber immer dankbar für seine Mithilfe. Philip Marlowe, den die amerikanische Polizei beobachtet, als sei er selber ein Gangster, löste zwar seine Fälle gerade noch, mit Ach und Krach, aber er ist schon deshalb erfolglos, weil immer eine ungelöste gesellschaftliche Situation zurückbleibt. Marlowes Tätigkeit ist ein permanentes Scheitern, und Marlowe, der es weiß, leidet darunter. Seine Träume zielen auf eine Gesellschaft hin, in der Tätigkeiten wie die seinen unnötig wären.

Inzwischen haben wir, wieder eine Generation später, lernen müssen, daß auch in der Welt der Detektive alles noch schlimmer kommen kann. Die Herren Cotton, Hammer, Bond etc. vertreten nämlich wieder durchaus gutgelaunt eine offizielle Moral, sie glauben wieder im Einverständnis mit ihrer Gesellschaft zu handeln. Aber jetzt sind sie zynische Mörder mit der Legitimation ihres Auftraggebers: des Staates. So herzhaft gesunde Typen vom Schlage Jerry Cotton haben in Vietnam blindlings in jede Strohhütte hineingeschossen. Einen Philip Marlowe würde Jerry wohl sofort umlegen, denn er hat gelernt, was man mit Burschen macht, die mit den sogenannten allgemeinen Zielen nicht einig gehen. Nicht auszudenken, was er mit Sherlock Holmes täte, hätte er, zum Beispiel in meinem Stück, länger Gelegenheit, im Kreise der alten Detektive zu weilen.

Bertolt Brecht schreibt: »Es bereitet schon Genuß, Menschen handelnd zu sehen, Handlungen mit faktischen, ohne weiteres feststellbaren Folgen mitzuerleben. Die Menschen des Kriminalromans hinterlassen nicht nur Spuren in den Seelen ihrer Mitmenschen, sondern auch in ihren Körpern und auch in der Gartenerde vor dem Bibliothekszimmer.« Und: »Ein Abenteuerroman könnte heute kaum anders geschrieben werden als ein Kriminalroman: Abenteuer in unserer Gesellschaft sind kriminell.« Sherlock Holmes würde heute eingesperrt. Erstens nimmt er Rauschgifte, zweitens geht er keiner geregelten Beschäftigung nach, drittens setzt er sich dauernd über Gesetze hinweg: er dringt in Privathäuser ein, belügt die Polizei, und zuweilen gebraucht er sogar Schußwaffen. Angesichts der Abenteuer der Detektive ist unser Problem in der Tat: Wer hinterläßt heute mit seinen Handlungen noch wirkliche Spuren in der Welt? Wer kann sich das individualistische Leben der Detektive heute leisten? Die Detektive, je näher sie an unsere Zeit heranrücken, können es selber kaum mehr. Sherlock Holmes ist der Maßstab geblieben, den die Detektivwelt kennt. Schon Arsène Lupin, nicht viel jünger, entschied sich für die Illegalität. Maigret versuchte ein Leben lang das zu tun, was er tun wollte, aber er mußte es in der kleinbürgerlichen Maske des braven Staatsbürgers tun, scheinbar ein braver Polizist unter vielen. Miss Marple rettete sich in ihre Schrulligkeit, und wahrscheinlich hat sie irgendwo eine Erbschaft, die ihr innere Sicherheit verleiht. Nero Wolfe geht längst nicht mehr aus seinem Haus, weil er ahnt, daß die Gesellschaft draußen seinen Sehnsüchten nicht entspricht. Er stellt sich blind, indem er nur noch zwischen seinem Orchideentreibhaus und dem von Fritz gekochten guten Essen hin und her pendelt, aber er weiß zuweilen, daß die Zeit für Detektive seiner Art vorbei ist, und er weiß auch, daß sein Archie Goodwin das zum mindesten ahnt. Jerry Cotton schließlich ist so orientierungslos wie Archie es ohne Nero Wolfe wäre, er hat sich bedingungslos für den Staat entschieden. Er vertraut ihm so blindlings, daß er jeweils nicht einmal seinen Freund Phil Decker informiert, wenn er mit seinem roten Jaguar zu einer neuen Höhle des organisierten Verbrechens fährt. *Seine* Freiheit ist eine aus dem Walkie-talkie gesteuerte, und er kann so fest auftreten wie immer er will, er hinterläßt keinerlei Spuren. Er ist austauschbar. Niemand weiß, wie sein Profil aussieht, niemand auch will es wissen.

Die Dichter der Kriminalromane möchten vermutlich auch gern eine Spur in ihrer Welt hinterlassen. Mehr noch als andere Helden der Literatur sind deshalb die Detektive wohl immer auch idealisierte Porträts ihrer Autoren. (Bei den Treffen der »Baker Street Irregulars«, eines von Conan Doyle gegründeten exklusiven Klubs von Sherlock-Holmes-Kennern, darf der Name Conan Doyles nicht genannt werden, nur der von Sherlock Holmes.) Natürlich sind alle Detektive unsterblich, sie sind es auch, weil, in ihrer Haut steckend, die Autoren ihr bißchen Hoffnung auf eine reale Unsterblichkeit anmelden möchten. (Conan Doyle wollte Sherlock Holmes regelrecht ermorden, indem er ihn in die Aareschlucht hinunterstürzte. Aber Holmes krallte sich an einem Baum fest, kletterte die Felswand wieder hoch, und in der nächsten Geschichte war er wieder da, *gegen den Willen seines Autors.)* Die Detektive sind, von ihrer notorischen Unsterblichkeit einmal abgesehen, da grenzenlos begabt, wo die Autoren es in Grenzen sind. Sie kennen die Macht — und sei es auch nur die Macht des Geistes —, während ihre Autoren machtlos bleiben. Sie sind unabhängig in einer Welt, die in Wirklichkeit ein System von Abhängigkeiten ist. Sie brauchen niemanden. Sie brauchen nicht einmal einen Dr. Watson.

Viele Detektive sind auch deshalb so demonstrativ skurril: ihre Macken sind eine andauernde Demonstration ihrer Unabhängigkeit den üblichen Anforderungen der Gesellschaft gegenüber. Sherlock Holmes ist der perfekte Narziß, mehr oder weniger ausgeprägt sind es alle seine Kollegen. Deshalb auch, nicht nur aus Gattungsgründen, gibt es in der klassischen Detektivgeschichte so wenig konkrete Außenwelt. Das bißchen soziale Realität, das es bei Sherlock Holmes gibt, wirkt wie die Projektion seiner eigenen Erwartungen in eine diffuse Landschaft hinein. Die Außenwelt der Sherlock-Holmes-Geschichten ist unverstellt fiktiv, sie gleicht ein bißchen dem Wahnsinn, weil in ihr nur das vorkommt, was Sherlock Holmes auch tatsächlich sehen will. In einem gewissen Sinn ist der scharfäugigste aller Detektive auch der blindeste. Er realisiert fast idealtypisch und ohne die Kränkungen, die ein wirkliches Leben bereithält, ein narzißtisches Leben. Er braucht keine sozialen Bezüge, keine Freunde, keine Frauen. Das kann man gewiß als »schön« empfinden. Die Detektive, die da so allein und souverän den Gefahren trotzen, sind dann Chiffren der stolzen Einsamkeit ihrer Autoren. Man kann Sherlock Holmes' Existenz auch »schrecklich« nennen. Sie ist unmenschlich. Sherlock Holmes braucht überhaupt nichts Menschliches, alles ist sowieso auf ihn bezogen, sogar das Opfer scheint nur für ihn gestorben zu sein. Sherlock Holmes und seine Kollegen tun unsern narzißtischen Bedürfnissen gut, sie lassen uns aber auch ahnen, wie eisigkalt

eine Welt sein kann, in der die andern Menschen statt Menschen Spiegel sind. Sherlock Holmes liebt niemanden. Wenn er Dr. Watson anschaut, sieht er nicht Dr. Watson, sondern sich selbst.
Dr. Watson liebt Sherlock Holmes. Er unterwirft sich ständig dessen Terror. Sherlock Holmes kann sich eine andere, auf gegenseitiger Autonomie beruhende Beziehung auch gar nicht vorstellen. Dr. Watsons eigene Gedanken, Hoffnungen, Absichten lösen sich, im Gespräch mit Sherlock Holmes, jeweils sogleich auf und vermischen sich mit dem, was Sherlock Holmes gerade will. Dr. Watson kann sich nicht abgrenzen. Er bewundert Sherlock Holmes und erfüllt dessen Erwartungen. Er hat sich die Rolle des braven Kindes ausgesucht, und, obwohl er verheiratet ist, läßt er Tisch und Bett sausen, wenn Sherlock Holmes ruft. Dr. Watson hat ein museales Verhältnis zur Welt, er glotzt bewundernd in sie hinein, ohne zu bedenken, daß auch er einmal handelnd in sie eingreifen könnte. Handeln, das tun die andern. Sicher sammelt er irgend etwas, alte Marmeladengläser oder Bestecke berühmter Chirurgen. Er ist dankbar, daß er die Luft einatmen darf, die die Großen dieser Welt eben ausgeatmet haben. Sicher träumt er zuweilen, etwas Tolles zu tun, aber am nächsten Morgen, im Tageslicht, ist er wieder der nette Dr. Watson, den alle gern haben. Er ist so wahnsinnig nett, daß er schon fast nicht mehr zum Aushalten ist. Aber im Gegensatz zu Sherlock Holmes sehnt er sich nach herzlichen, sinnlichen, offenen, menschlichen Beziehungen. Er ahnt schon auch, welche Rolle er für Sherlock Holmes spielt. Er leidet ein bißchen darunter, und er leidet ein bißchen gern. Dr. Watson hat, im Gegensatz zu Sherlock Holmes, eine Ahnung von den Dramen, die sich in Menschen abspielen können. Sherlock Holmes sieht nur auf sich, er sieht sich als einen Gott mit Pfeife und Detektivmütze. Niemand kann schließlich seine Fälle so aufklären wie er, oder? Zuweilen al-

lerdings fragen wir uns, ob er nicht auch ein bißchen blufft? Wir sind ja nicht dabeigewesen. Vielleicht war da gar nicht so viel: ein paar Hühnerdiebstähle, eine Unterschlagung der Vereinskasse und ein Mord an einem Küchenmädchen, den aber Scotland Yard aufklärte und nicht Sherlock Holmes?

Die Welt der Detektive konserviert die Emotionswelt unserer Pubertät, vor allem wohl: der Pubertät von Knaben. In diesem Sinn sind Kriminalromane, Agatha Christie eingeschlossen, eine Lektüre von Männern für Männer. Frauen treten in den klassischen Detektivgeschichten sowieso kaum auf. Eine Frau im Bett von Sherlock Holmes ist unvorstellbar. Auch Jerry Cotton oder James Bond brauchen die Frauen, die ein gütiges Geschick ihnen zuweilen unterschiebt, nicht wirklich. Sie sind alle sich selbst genug. Ihre Aufgabe ist eine andere.

Ihre Aufgabe ist es, die aus den Fugen geratene Welt wieder ins Lot zu bringen. Damit liefert der Kriminalroman manifest inhaltlich, was möglicherweise ein Bemühen der Künste überhaupt ist: die Phantasie und die Realität, die Träume und das Leben, die Sehnsüchte von früher mit den Realitäten von heute wieder zusammenzubringen. Wenn der Detektiv den Fall gelöst hat, ist die verstörte Welt wieder in Ordnung, bis zum nächsten Mord. Für einen kurzen Augenblick haben wir das Paradies betreten. Alles stimmt. Glücklich lehnt sich der Detektiv in seinem Schaukelstuhl zurück und zündet seine Pfeife an. Die Trennung von Wort und Ding ist nun aufgehoben, dieser Augenblick vermittelt eine Ahnung davon, wie es wäre, wenn die reale Welt keine realen Anlässe zu realer Verstörung böte. So etwas schafft sogar ein Jerry Cotton noch zuweilen. Aber die Welt hat sich inzwischen doch unübersehbar von den Detektiven wegentwickelt. Nero Wolfe sitzt traurig in seinem Stuhl, Maigret wird langsam taub,

Miss Marple trinkt und Arsène Lupin klettert nicht mehr in die Schlafzimmer der Grand Hôtels von Monte Carlo, weil darin jetzt japanische Industrielle mit ihren Sekretärinnen liegen, die seine Arbeit nicht zu schätzen wüßten. Wer weiß, vielleicht wird Sherlock Holmes keine neunzig Jahre alt, in einer nahen Zukunft wird er möglicherweise sogar froh sein, daß er einen Dr. Watson hat, der ihm beim Sterben hilft. Aber vielleicht wird Dr. Watson vor ihm sterben, und Sherlock Holmes wird zum erstenmal begreifen, daß er einsam geworden ist.

Urs Widmer, geboren 1938 in Basel, lebt in Zürich.

Buchpublikationen: *Alois* Erzählung, 1968; *Das Normale und die Sehnsucht* Essays und Geschichten, 1972; *Die lange Nacht der Detektive* Kriminalstück, 1973; *Die Forschungsreise* Ein Abenteuerroman, 1974; *Schweizer Geschichten*, 1975; *Die gelben Männer* Roman, 1976; *Nepal* Ein Stück, 1977; *Vom Fenster meines Hauses aus* Prosa, 1977; *Shakespeares Geschichten*, 1980; *Züst oder die Aufschneider* Ein Stück, 1980; *Das Urs Widmer Lesebuch*, 1980; *Das enge Land* Roman, 1981; *Die lange Nacht der Detektive* Kriminalstück, 1982; *Liebesnacht* Erzählung, 1982; *Die gestohlene Schöpfung* Ein Märchen, 1984; *Indianersommer* Erzählung, 1985; *Nepal. Der neue Noah* Zwei Stücke, 1986; *Stan und Ollie in Deutschland. Alles klar* Zwei Stücke, 1987; *Auf auf ihr Hirten! Die Kuh haut ab!* Kolumnen, 1988.

Übersetzungen: Raymond Chandler, *Das hohe Fenster*, Eugène Labiche, *Das Glück zu dritt*, Beckett, *Warte uf de Godot* (ins Schweizerdeutsche) u. a.

Theaterstücke: *Die lange Nacht der Detektive* U: Basler Theater 1973; *Nepal* U: Städtische Bühnen Frankfurt am Main 1977; *Stan und Ollie in Deutschland* U: Theater am Sozialamt München 1980; *Züst oder die Aufschneider* U: Städtische Bühnen Frankfurt am Main 1981; *Der neue Noah* U: Schauspielhaus Zürich 1984; *Alles klar* U: Theater am Neumarkt Zürich 1987.

Hörspiele: *Wer nicht sehen kann, muß hören* 1968; *Henry Chicago* 1970; *Operette* 1971; *Tod und Sehnsucht* 1971; *Anna von hinten wie von vorn* 1971; *Die Katzen des Doktor Watson* 1972; *Das Überleben der unsterblichen Mimi* 1973; *Die schreckliche Verwirrung des Giuseppe Verdi* 1974; *Der Bergsteiger* 1974; *Fernsehabend* 1976 (Hörspielpreis der Kriegsblinden); *Die Ballade von den Hoffnungen der Väter* 1976; *Das Blasquartett oder 80 Fragen nach dem Glück* 1978; *Die Zwerge in der Stadt* 1978; *Stan und Ollie in Deutschland* 1979; *Die Zehen der Elfen* 1981; *Dr neu Noah* 1983; *Indianersommer* 1984; *An die Freunde* 1986; *Der Besuch aus Kassel* 1986; *Der tolle Tonmeister* 1988.

1,- €